U0925555

学『生』的故事

活出自己的精彩

林明进◎著

中国文联出版社
http://www.clapnet.cn

图书在版编目（CIP）数据

学“生”的故事 / 林明进著 -- 北京：中国文联出版社，2016.7

ISBN 978-7-5190-1581-7

Ⅰ. ①学 … Ⅱ. ①林… Ⅲ. ①故事—作品集—中国—当代 Ⅳ. ① I247.8

中国版本图书馆 CIP 数据核字（2016）第 126884 号

学“生”的故事

著　　者：林明进

出 版 人：朱　庆
终 审 人：奚耀华　　复 审 人：胡　笋
责任编辑：蒋爱民　　责任校对：傅泉泽
封面设计：尚上文化　　责任印制：陈　晨

出版发行：中国文联出版社
地　　址：北京市朝阳区农展馆南里 10 号，100125
电　　话：010-85923066（咨询）　85923000（编务）　85923020（邮购）
传　　真：010-85923000（总编室），010-85923020（发行部）
网　　址：http://www.clapnet.cn　　http://www.claplus.cn
E-mail：clap@clapnet.cn　　jiangam@clapnet.cn

印　　刷：三河市华晨印务有限公司
装　　订：三河市华晨印务有限公司
法律顾问：北京天驰君泰律师事务所徐波律师
本书如有破损、缺页、装订错误，请与本社联系调换

开　　本：880×1230　　1/32
字　　数：150 千字　　印张：8.5
版　　次：2016 年 7 月第 1 版　　印次：2016 年 7 月第 1 次印刷
书　　号：ISBN 978-7-5190-1581-7
定　　价：38.00 元

目　录

CONTENTS

| 推 荐 序 |

给大地一条江

明进兄是我的旧识，我与他见面在诗人萧萧家中。当时萧萧是我的诗坛兄长，又是“隔壁厝边”，介绍明进兄与我认识。第一印象极佳（当然也延续至今），他话不多，但出口即见智慧；三言两语，每多金言玉句——但当时他并未像萧萧与我一样“写作”。如今我已知他的文笔不在口才之下，他的散文集《学生》去年元月出版，当月就已十三次印刷，媒体（报纸、电视、广播与脸书）回响如潮，足可印证他的文笔、话锋与智慧“不是盖的”，是一棵老成之树，盘根错节于土地之下而枝繁叶茂于天际线。

《学生》如此，这本《学“生”的故事》亦复如是（但这样说也不够精确）。延续前书，这本书仍有着一如萧萧所说的“活出自己的精彩”“随处看到希望”“乐趣横生”的气概和逸趣，笔端流露而出的是自然蕴蔚的生机。

以开篇《我的志愿》为例，这是多么陈腐的题目啊，启笔一句"'我的志愿'，对我来说是一把匕首"又是何等凌厉动人，瞬即翻转出新意，而能勾引读者往下阅读的兴味。接着他写扛着锄头的爸爸教他写作文的那一段，更是"异趣"横生，情节多折。爸爸的志愿"当三星乡乡长"接枝到他的作文之中的结果，是因为"志愿太小了。原来志愿有分大小，爸爸没弄清楚"。这导致老师给了"乙"，让他在作文路上挨了第一刀，"代父流血，隐隐作痛"。

犹不止于此，此文接着叙述他不断"奋斗"，终于拿到"甲上"之后，"老爸走出丝瓜棚，站在田埂边，锄头上肩"，说"作文好了，每一科都会好"，那神情"活脱像个丝瓜棚下的哲学家"，更是诙谐生动、笑中带泪。从叙事的角度看，林明进写活了的不只是一个乡村孩童的"作文"故事，也写活了这个作文故事中的农夫爸爸。难怪本文一出，即入选"中文写作典藏"。

这本《学"生"的故事》也有胜于前书《学生》之处者。在我看来，那是生命经验的蓄积和人生智慧的阐发，本书多篇都相当深刻、动人。他写《元学第一村——跟毓老师说说话》、写《给阿嬷的五封信》都触及生命的价值与意义的课题，其中满溢的不仅是师生之间的至情与至性，更多的是人生智慧的启示。他以"一朵花的事业"写恩师毓老的教诲，让我们通透自我实现的智慧（做花的总要清楚，最少要美给自己看，感动得了自己）。他以罹患白血病的优秀学生耀宗在病床上写给阿嬷的信，写出生命的价值与美丽（不怕磨难，接受淬炼，赢得自己）。类似这样的篇章，全书甚多。他不说教条，只说故事；道理都在故事中，既感人、动人，又让人在泪水迷蒙中见到光亮。

我无法一一说本书诸篇的好，我也无法忘掉本书随处可见的义理，这些部分来自经典与殿堂，多数来自生活与闾巷。其中印象最深的是《总是按呢》，林明进在这篇散文中写他的“阿祖”（曾祖父），“老烟枪，右手食指和中指间是烟记，褐褐黄黄了七八十年”。一个田间老农，问他话，只有“总是按呢，总是按呢”两句，孙子问他事，如此。有一回闯荡大江南北、出入大清宫禁、壮游名山大川的毓老师来到乡下，问他话，亦复如此。“总是按呢阿祖”却因为这样一问三不知，成了毓老师口中的哲学家。但阿祖何尝不知，他懂农事、懂天地、懂自然运行的律则，他的“总是按呢”终于在文末揭晓：

> 该你自己学的你要自己体会，人生的学问不是只有问来的，人生总是按呢。做田有天理，天给咱多少，咱就有多少；做人有义理，天给我们多少，良心就有多少。大自然就是咱的先生，山啦、水啦、云啦、日头啦、雨啦、雀鸟啦、稻子啦、泥鳅啦、蚯蚓啦……拢是咱的先生，睁足看，你就看有了！人生都是自然如此，总是按呢啦。

这篇散文，明写阿祖这个老农的拙于论喻，暗用毓老师这位大儒的教诲，点出人生实难的言说，复又理出顺天应理的哲理。《学生》前后两书的旨意，彰然揭焉。珠玑在日用，义理在生活，随处可得，随时可见，“山啦、水啦、云啦、日头啦、雨啦、雀鸟啦、稻子啦、泥鳅啦、蚯蚓啦……拢是咱的先生”，就看我们是睁眼还是闭眼了。

学生，要学的是“生”的智慧，一如明进兄自序所说“上天赐给我们一滴水，我们要还给大地一条江”一样，本书二十四篇散文，就像二十四条江水，来自日用的涓滴，照见生活的汹涌。题材虽以校园与教学经验为主，寓意则通透人生经验与生命哲理之中。这是一本好读之书、易读之书，也是一本可读之书、必读之书。给大地一条江，从一滴水开始；给自己一个不后悔的人生，从看见自己的有限、领悟自然的无限开始！

向阳（诗人、教授）

| 自序 |

一滴水可以流成一条江

如果生命是水，那就让一滴水流成一条江吧！

去年元月第一本《学生》问世，一个月十三刷，报纸、电视、广播一起来，引起那么大的回响，有点不可思议。最近“素人概念”十分流行，素人政客、素人歌手、素人画家……我勉强算是个素人作家，沾了点边，热闹一阵。然而对我而言，最大的收获是不断有老学生跟我联系，一群又一群如过江之鲫——原来这老家伙还在，还在建中，还在人间。

离开人间容易，应该不应该的，总是有很多种走法，无奈的人，感慨。

活在人间艰难，合理不合理的，究竟只有一种活法，有心的人，强大。

活着，就要面对各种劫难，苦海无边，一切是真，学好“生”，活得有价值。

活着，就要迎接各种挑战，迍邅不断，丝毫不假，学对“生”，活得有尊严。

看一株草冒土而出，它来到自然界，就毅然决然寻活的养分。

听一个娃哇哇落地，他来到人世间，就自然而然求生的本能。

日居月诸，叶子绿了又黄，黄了又绿，何以长大后我们的困惑愈缠愈紧，我们的失落愈结愈深？美丽人间那种简单、快乐、幸福、满足的“生”“活”，怎么渐渐成了难题？

中华民族的真精神，就是讲学“生”的文化。

《易经》的真学问，即是传承“生生不息”的智慧。

学“生生不息”，听起来有点沉重，好像是哲学家或者是圣人的事。学“生”，究竟是每一个人的功课，人生下来不就是学着怎么活，活得有滋味、有情味、有兴味。父母生我育我，天天耳提面命，反覆叮咛，无非是教我们怎么“生”、怎么“活”；老师教我们长知识，立人格，教我们学“生”，做成一个顶天立地的人。学“生”，是父母给的始业，是老师给的作业，也应该是自己给自己的志业。学“生”，一言以蔽之，就是学“生”的智慧。

继天奉元、大而化之是圣人的事，他们一肩挑起文化精神的“生生”使命。

明月清风、香火永续是庶民的事，我们继述祖泽流芳的遗脉，要学“生”。

《学“生”的故事》，共二十四篇，仍以校园小品为主轴，写我的学生以及我当学生的生活故事。她是我半生教学生涯的片段，老教书匠真实的沧桑，也是美丽人生的回顾。“手势”，当它是温暖时，什么样的手势都漂亮。俗话中说人“手势好”，是很大的赞美，有手艺精巧或灵巧之意。本书中有不少篇是记录我的恩师、校长、老师、教官的文章，其中一篇是《温暖的手势》，一个教育工作者“手势”好，就是教育领域的杰出领航者；再往上说，《元学第一村——跟毓老师说说话》中的毓老师，就是最好的典范，所以本书台版特别以“温暖的手势”为副标题。

本书的取材多元——

第一篇**《我的志愿》**，记述我写作文的蜕变过程，其实也是所有莘莘学子共同有过的梦魇，惨痛的作文人生，让每个小朋友最天真的一片叶子铿锵一声落了。看得到的谐趣有说不完的辛酸，这是华人世界最一致的童蒙作文题目。这篇文章荣获“中文写作典藏”，因为题目之故，列为首篇，想当然耳！

最后一篇以**《元学第一村——跟毓老师说说话》**压轴，恭写亲炙我三十余年华夏经典的毓老师，铎声依稀，杏香盈心。多少学长和我一样，从懵懂青春听到鬓发斑斑的中老年，从天德黉舍到奉元书院，有幸一直都是老师的学生，幸福地聆听毓老师的沾化。这篇文章发表于二〇一一年七月三日的《毓老百日纪念文集》（奉元书院）中。

《C》《后母》《周记春秋》《老大办案》《一个建中的夜晚》《报告师长》，在知识学习的追求中，我们看得到学生生涯的苦闷，有学习上的喜怒哀乐，有学子惨烈的学习人生。写建中学生的生活点滴，不同面向，五花八门，呈现青春的狂野，有悲有喜，有汗水有泪水。

《芭乐仔》和**《给阿嬷的五封信》**，在人生列车中，不是每个强韧的人都是幸运的。这两篇是纪念两个学生，一位是猝然从人间消失的意外，一位患是急性白血病最后不敌病魔的坚毅形象，他们都有着教人难忘的短暂人生。在求生求活的涵养中，有难以道尽的坚忍，有祖母强韧的伟影；是曲折的生离死别，更是坚持完全燃烧的生命斗士。

《老师，那件事是我干的》《捉鬼运动》，在生存的智慧养成中，有学生成长岁月的叛逆，也有虎尾春冰的险境；有教学岁月的痛定思痛，更有将心比心的反刍。

《牵手》《回家》《空心菜的滋味》《总是按呢》，是我个人的生活天空，有“执子之手，与子偕老”的天作之合，有落叶归根的依恋，有先父的温煦慈晖，有先曾祖父的人生哲理，这些都是人生淬炼中难忘的情味。

《学“生”》《晚归》，写两个女人一生的苦闷，一位人前风光亮眼，一位人后始终凄苦，她们都在婚姻中吃尽苦头；但是，她的分别都展现了为母则强的伟大。

《步步轻呛，步步轻呛》一文，写怀春年华纯纯的情愫，是青春的印记，是没来由的邂逅。缓慢的轻呛节奏，苦闷的进京赶考，像极了徐志摩的《偶然》，“你记得也好，最好你忘掉”。这是轻狂的发酵，是火焰青春的共通经验。

《温暖的手势》《贺校长的门禁》《教官的身影》《师友斜影》等等，在教育这一把火的传承中，教育工作者有不为人知的热情、诚恳、包容、真率，也有礼贤下士、卑以自牧的领袖魅力，更有诲光不绝的完全奉献。教育事业这理所当然的天职，只有默默承载一条路，有了肩膀，有了负荷，也映照了尊贵的长影。

《捉鬼运动》中校长的智慧，同样也是领袖人格的风范。

《再见阿郎》，本书最后完成的一篇文章，是在很痛苦也很崇敬之下写成的故事。睽违二十几年，在师生一场夜宴畅谈之后，征得他的同意，我决定勇敢地写出。在现实人生一个看似不能翻身、不可能变好的抢劫犯，王慰平“再见”了“阿郎”，完全做到了洗心革面。在福州街那一夜的惊悚夺包事件，我以淡笔勾勒，三言两语收束。一来情节就是那么简单，没什么好渲染；再者，王慰平的公益回馈与真心反悔，让我十分感动。我觉得我们看他新的旭日东升会更美，特别利用这个机会给他拍拍手。

本书所收录的文章，除了《我的志愿》《元学第一村——跟毓老师说说话》二文分别于两三年前先后发表外，其余如《芭乐仔》《给阿嬷的五封信》两篇，二〇一五年元月、二月分别发表于《联合报》副刊；《一个建中的夜晚》《周记春秋》《老大办案》先后发表于《幼狮文艺》专栏“青春点名簿”七三三期、七三四期、七三五期，也即二〇一五年元、二、三月号。

本书特别敦请萧敏画家精绘六幅水彩画，以增华生辉。向阳大兄热情沸腾，于公私两忙之际，慨允赐序，大力提携之情，永志我心。

每个人都是一座锦绣的大山，只要有树，只要有草，迟早都会开花。日日春天天开，玫瑰、蔷薇春天开，竹子呢？一百年后才会盛开。花一旦开了，只能美丽一次，然后枯萎凋零，花开花谢，这是世俗的花。

如果你是一座文化的山、有品的山，无论是花团锦簇或者是孤芳一枝，她的花开得有风骨、有尊严、有价值，她开得真善美。美丽之后，不但留香，还能不朽，余韵长流。她底蕴深厚，含弘光大，这是圣洁的花。

只要是优质的山，都要雄伟傲岸，直上青天。有的山人品崇高，坚持要顶天立地；有的山学养渊深，始终富厚如海、精彩如潮；有的山韬光养晦，一直潜藏卑微之地。山不在高耸，自然有灵不羡仙；人不在高位，富贵在己不在人。

“学生”，非自觉而已，大而化之，足以觉人。一朵花成就不了缤纷的花园，一棵树成就不了美妙的春天，一片云成就不了浩瀚的天空。上天给你一滴水，你要给大地一条江，这是学生的责任。努力的学生，不一定是跑得最快的人；成功的学生，一定是不断在跑的人。

学“生”，是我们一生的为人之路。

学“生”，要学“陌生”的知识；学“生”，要学“生存”的能力。

学“生”，要学“生活”的趣味；学“生”，要学“生命”的价值。

学“生”，要学“求生”的力量；学“生”，要学“生生不息”的使命。

那么老师呢？挥着温暖的手势，教到倒下为止。

上天赐给我们一滴水，我们要还给大地一条江。

林明进（建中一叟） 记于大块斋

二〇一五年二月

一 学陌生的知识

我的志愿

我认了，充其量，我也只能是个拿锄头的命，别再“我的志愿”了。

“我的志愿”，对我来说是一把匕首。在幼小心灵中，我曾被狠狠地捅了两刀。这得从我的父亲谈起。他只读了两年“来不来，去不去”的国语，我的老爸扛着锄头教我写作文。我的父亲，没有像朱自清的父亲那么伟大。这位伟大的爸爸要很艰难地跨过铁道，爬上月台去买朱红色的橘子，加上蹒跚的步伐，才算摆成一个感人肺腑的“背影”。

记忆的箱子，虽然装不了太多东西，但是，我的父亲，显然是个好爸爸。这个形象跟我的作文有关，我记得很清楚。照理说，世代务农的人家——只有古朴的晒谷场和几头老牛，就可以骄其妻小。但他却望子成龙，我的农夫爸爸对自己牧童儿子的未来有憧憬。

出生在太平山的脚下，我的启蒙学校是宜兰三星国小。

记得小学三年级开学第二周，星期一傍晚时分，余热未褪，秋老虎会咬人。我在晒谷场玩着铁轮子，一边哼着歌儿，一边驶着桶圈圆形轮子，自顾自地自得其乐。眼睛的余光遥望老爸，他一头扛着锄头，一头戴着夕阳，从水田的尽处回家。轻松的时间有限，等一下他又要叫我挑粪、浇菜。我更拼命地玩了，斜着身子驶着轮子，加上不自觉而出的自创音效，忽而 S 形，忽而 O 字形，忽而 8 字形，我的身体在跑，我的灵魂在腾飞……

“来来来……”他做出一副很生硬的微笑。农夫基本上是不大会笑的，轮子收了，我心里已准备好：挑——大——粪。

“明天要写作文，你知不知道？”奇怪的话题由一肩担着锄头的老爸开头。

“我知道啊，老师说要带砚台、毛笔、作文簿。”

老爸很满意，放下锄头，他竟然说：“我教你写作文。”

当下我心里很错乱：真奇怪，教作文是老师的事，你当你的农夫就好了……我的耳朵、眼睛和大脑都有意见，但我不敢讲。那个年代天下的爸爸都很伟大。

寒蝉切切，秋蛩吟吟，他把我拉到丝瓜棚底下，神秘兮兮地端坐了下来。

“题目我知道了……”声音压得很低很低，深怕唧唧的秋虫听到，泄了底。

乌鹙鸣孤，鹭鸶唱溪，蟋蟀促织，在绿油油的水田胡闹得很。

“题目是我的志愿”，他眼神充满自信。我瞪大眼睛，觉得老爸很神。

长大以后才知道，从北到南，每个人的第一篇作文，永远都写“我的志愿”。我的作文启蒙，竟然是我的种田老爸，那个每天巡田水的农夫。他口沫横飞，东拉西扯，搭配手势，十分忘我，非常伟大。最后，我才听懂，原来他要我写的志愿是“三星乡乡长”。他没见过县长，所以乡长最大。一直到老母喊：“天暗了，吃饭啰。”夜色渐凉，来不及卧看牵牛织女星，才结束了一出我们父子的趋庭之教。

第二天下午连着两堂国语课。老师匡朗匡朗地走上木板讲台，背对着我们，一笔写下“我的志愿”。天啊！完全命中。想到老爸在丝瓜棚下，煞有介事地娓娓道出他的志愿。昨夜是个静谧的秋夜，满天星斗，虫鸣啾啾，感觉好极了！新月的余晖稀稀疏疏地照在父亲的脸，树影婆娑，他滔滔不绝，像棵大树，也像个巨人。这篇作文，我决定做个孝子，完成父亲的志愿——“三星乡乡长”。那种情境之下，你完全了解继志述事是多么重要的一件差事。

老师说："好好写，写得好的，老师给三个奖。"

第一个奖是健素糖五十颗。一角十颗，五十颗等于是五角，老师实在很大方。

第二个奖送头戴橡皮擦的利百代铅笔一支，黄色的笔杆，那是当年最好的铅笔。

第三个奖是可以在全班面前朗诵自己的作品，哇哇哇！那是光宗耀祖的一刻。

老师转身就要走。"老师我们不会写""老师要怎么写""怎么开头"……哀声四起。

"就写我的志愿不会喔……你就写你想干什么就好了！"老师说完，转头走去办公室。

我心想，有个好爸爸真好，这三个奖我都很喜欢。别人的爸爸都没有教，我心里很骄傲，不是每一个爸爸都能扛着锄头教作文，原来陶渊明住三星。

写起毛笔字，大家都像中风，写得弯来倒去。我特别数了一下，标点不算，一共四百六十三字。原汁原味，听爸爸的话——"三星乡乡长"。

第三天老爸劈头就问："老师改得怎么样？作文发了没？"老爸比我还关心。

"还没呢……"

“去问你们老师，作文什么时候可以发？”

（盘古开天以来，老师最讨厌的就是学生问他：作文改完了没？）

谨遵父命，我问：“请问老师，作文改完了没？”老师和蔼可亲，带着微笑对我说：“告诉你爸爸还没有，再过几天。”老师还顺势摸摸我的大头……哇啊！好舒服。

“再过几天”，按照有关规定就是三天嘛！爸爸又问起。我又去问老师，内容一样，态度一样。老师的回答也一样，但是这一次老师没笑了，而且还忘了摸摸我的头。

又过了三天，老爸有点发火，嗓声带气，在八仙桌上严肃地宣告：

“你们老师到底什么时候要把作文发下来啊！再给他问一问……”

父命不能违抗。我来到老师面前，第三次。互视。

“老师，我爸爸问：作文到底什么时候才会发下来？”爸爸近于恼怒的声音、表情、动作，我完全移植。

“回去给你老爸讲，相紧过一礼拜（最快要一个礼拜）。”

喔！老师讲方言呢。如果是我们，他就会打我们屁股。不过是一篇作文嘛，爸爸跟老师都怪怪的，大人好像都是这样嘛。

老师终于挑出了三篇佳作，竟然没有我。得佳作的三位同学每人得了一支利百代铅笔，和一包五十颗的健素糖，并且公开在课堂上朗诵了“佳作——我的志愿”一遍。（也没有多好啊！我想……）

我的等第是“乙”，竟然连甲下都够不上。老爸很用心教我，丝瓜棚的父爱，我一定要老师给个交代，牧童我一定要问清楚。

“老师我的作文哪里写得不好？”当时哪来的胆子不知道。

“人家都要当总统，你只想当个乡长。”老师当头棒喝，全班爆笑，我羞愧无地。

原来是志愿太小了。原来志愿有分大小，爸爸没弄清楚。老师没说我写得好不好，乙应该还可以。这是我作文路上的第一刀，代父流血，隐隐作痛。被爸爸害死了，好好的农夫不务正业，教人家作文。我人生的第一个绰号——“林乡长”，就是这样来的。

回家我还是很高兴地拿给爸爸看。好大的一个“乙”，爸爸瞄了一眼，我正要描叙这一件糗事。

老爸狠狠说一句：“吃饭皇帝大，紧吃紧吃……”从此就没再教我作文了，好小器，只教一次，就不教了。第二天以后，眉宇深锁，他更加卖力地当他的农夫了。

四年级，仍然是同一个老师教，第一篇作文，仍然是：“我

的志愿”。

“老师，这去年写过了。”有人不知死活地举手。

“老师，我们班也写过了！”一位转班的心脏也很强。

“那换一个志愿不会喔！”说得也是，怎么可以跟老师顶嘴。

我天真地想，老师好像在给我机会。我斗志十足，一定要从老师手上拿一支利百代铅笔，还有那四十五颗甜蜜蜜的健素糖。（隔了一年，健素糖涨价，一角九颗。四十五颗还是大奖。）

对着窗外发呆。我想——

老师是学科学的，他不是常讲政治是条不归路吗？当乡长？我真笨，我怎么这么没神经，写科学家才对味啊。于是审慎地选择那时很流行的科学家，四个字的——“爱因斯坦”，够呛了吧！一时之间，不免感到沾沾自喜。其实老爸笑起来很慈祥，得个甲上，他一定会笑。万一被叫起来念的时候，i、ü 和 s、en 千万要分清楚，我们是读书的人。

我写到放学，工友手摇下课铃还在写，同学都排路队准备回家了，我加紧赶工。老师走进教室，要来收作文，环顾左右，只剩我一个。我暗自窃喜——老师一定会很喜欢我，听脚步声就知道。别人都早早交了，我态度这么好，还卖命地振笔疾书。（长大了当老师才知道，这种感觉很危险。）

我数了数，六百一十二字。哇，进步神速，才一年呢！就多这么多字了。

没爸爸问，我比较轻松。我耐心地等待，经常像花蝴蝶似的，故意挤到老师身边。好几次，我感觉到：老师好像很真情地对着我“微笑”，这是个好兆头，我功课不怎么好，老师对着我善意的微笑，一定是作文写得好。心里想，如果作文真的写得好被贴在公布栏上，爸爸一定会很骄傲地告诉左邻右舍。发作文的前几天，我兴奋得睡不着，忍着没告诉爸爸我发现老师“关怀的眼神”。可怜的是，对一个四年级的乡下孩子来说，“微笑”跟“讥笑”，实在不容易分得出来。

今天要写第二篇作文。我的健素糖、我的利百代，来了。我要分十颗健素糖给最喜欢的女生，想到这里，我的手心在冒汗。很多人不知道，这叫兴奋，文明一点，也可说是等待的滋味。

老师念了三个同学的大名，还是没听到我的名字。翻开作文簿，得了个“乙下”，十分失望。我当下才明白：原来爸爸的作文程度还是比我好。我不敢再问老师了。头低得很低很低。

老师讲评，说着说着，竟然说到我头上来，老师又海削了我一顿。

老师说：“‘林差劲’同学写得很长、很认真、很努力，可惜他让苹果打在爱因斯坦头壳上。”全班爆笑，教室差点笑歪了。我把牛顿的事迹写成爱因斯坦，那颗苹果害死了我，也可以说牛顿害死了爱因斯坦。我又多了一个“爱因斯坦”的绰号。这是作文路上的第二刀，插得很深，血在我心里迸射。我这才知道老爸内心深沉的痛，做父亲的实在很可怜。

我发誓我这一生一定要最痛恨苹果，恨死它，才能消我满腹的恨火。我做到了，从此以后，果然，苹果成为我最讨厌的水果。多营养，对身体多好，我就是不吃，给它恨个不能翻身，我才甘愿。那天晚上，我在丝瓜棚下沉思难过，那是个黯淡的月，也没有星光夜语。几株败荷在池边成风景，是谁说的：“多少绿荷相倚恨，一时回首背西风。”清凉的风一吹，脑子清醒，我认了，充其量，我也只能是个拿锄头的命，别再“我的志愿”了。

岁月如流水，流到什么阶段，照理说就应该有什么样的风景。可是，到了五年级，换了老师，又搞了一个飞机。作文又出了一道令人触目惊心的题目——“我的志愿”。老师他们好像都串通好了，就是要让我们做学生的难过。老爸常说：“人生的路很艰难。”我想也是。“我的志愿”，写了两次还不够，这是什么社会呀！这一回，我带一点抱怨和几分感伤，但很真实地把我最想写的写出来，完成了没有什么新鲜感的作文。“要钱没有，要命一条”，老夫是这样写的。

我的志愿

大家都这么说：在农忙秋收的时候，农人总是戴着斗笠，抱着稻穗笑呵呵！是吗？

大家都这么说：在夕阳满天的时候，牧童总是骑在牛背上，吹着横笛向晚霞！是吗？

我没有看过农夫抱着稻穗笑呵呵，我这个每天骑在牛背上的牧童，从来不晓得横笛为何物……

当春天来临的时候，大家都这么说：农村山明水秀，风光明媚；水田清澈见底，农夫一字排开，勤奋地插着秧，白鹭鸶在田边悠闲地漫步，好美的一幅图画……我说你们知不知道插秧腰会酸呢？……

当秧苗渐渐长大，大家都这么说：每逢星期假日，全家老小出动，蹲在田里挲草，大家其乐融融，有说有笑，一派家庭和乐的景象……我说你们知不知道，蹲在烂泥土里是什么滋味呢？

当稻浪婆娑起舞，稻穗款款摇摆，大家都这么说，农夫扛着锄头的脚步快了，农夫黝黑的脸庞笑了，这将是丰收的一年……我说你们知不知道，农人一甲地能收多少稻谷吗？

当黄澄澄的稻粒堆满晒谷场，阿嬷、阿姨、妈妈顶着大太阳开开心心地不停翻动着，大家都这么说，这将是最快乐的一个夏天……我说你们知不知道，稻芒会让人全身发痒呢！

我是个牧童，我看着六条水牛长大，我的未来很明确，长大以后我就是个不折不扣的农夫。

严格来说，我是不需要伤这种脑筋的。“我的志愿”，这么美好的想象，我的内心却很容易把它打破了。牧童长大能不能不是农夫？我不敢抵抗。我没有反对当个好农夫，可是不是大家都一样就不苦了？很惨的是，我从来没看过农夫好好放轻松地笑过。

老师经常告诉我们，农夫的生活悠闲自得，与世无争，是最骄傲的一介平民。我没出息，我吃苦吃怕了。如果我可以真正有一个说志愿的机会，允许我胆怯地说出我的内心话：我尊敬农人，我也爱农家。虽然我骨子里流的是道道地地农人的血液，如果可以，我真的不想跟老爸一样，整天唉声叹气的，再当个农夫了。

怯生生地，我站在讲台前念着我的杰作，很有光宗耀祖的感觉。原来，农人的孩子也能写好作文。（当时很多深奥的文字不晓得哪里来的？）

老师给我甲上，原来“甲上”长得这么漂亮。从此我就飞上枝头变凤凰，仿佛成为一个小小的文学家了。长大以后，跌跌撞撞，倒成了个不折不扣的教书匠。

不久以后的某一天，老爸走出丝瓜棚，站在田埂边，锄头上肩，他满足地摸摸我的大头：“作文好了，每一科都会好。”老爸活脱像个丝瓜棚下的哲学家，他的话到现在听起来都还很有力。

（本文入选“中文写作典藏”）

那个年代都是从“我的志愿”开始我们灰头土脸的作文人生。从此，多数人都视作文为畏途，成就的永远只有少数几个人。其实“我的志愿”属于想象型的作文，并不适合作为第一次作文的题目。严格来讲，文章中这一篇得甲上的“我的志愿”，也没有契合作文题目的要求。

学生作文写不好，老师作文改不完，为了应付学校抽查，只能在唉声叹气中度过多少夜半孤灯的岁月？甚者，还自叹命运多舛，一定是上辈子造了什么孽，这辈子要辛辛苦苦地还这个债。认命地——佝偻着背，让朱颜改，视也茫茫，发也苍苍，齿牙又动摇，扛着“清高”却又“坎坷”的道路，一步一步地提着良心的灯，战战兢兢地践履着漫长而无边的责任。最后，还要一起承担“作文能力愈来愈低落帮凶”的罪名。

感谢“我的志愿”这个作文题，如果不是写了三遍，我不会有机会发现，原来用最熟悉、最真诚的感受，就能写出感人的文章。我相信每一位学生在成长的过程中，都有很多感人肺腑的故事，也都有感染人心、引起共鸣的能力。由于作文命题的技术千篇一律，了无新意，大多没有从学生的角度出发，所以，学生写不出来；由于作文教学没有按部就班、没有有系统的打底，所以，学生写不下去。

几年前，老夫接受《天下杂志〈教育亲子专刊〉》的专访中，我劈头两句话就是：

“让学生把最爱写的写出来，就是美丽的开始。”

“让学生把最想写的写出来，就是感动的开始。”

作词作曲家李寿全先生写过一首红遍大街小巷的歌——《我的志愿》。那首歌最后是这么说的：“慢慢长大以后，认识的人越来越多。慢慢你会知道，每个人都差不多。慢慢你会知道，人生就是这么过。”赢得很多人的回响，那是一种解放。

一般而言，只要是树，都是会开花的。只要用对了方法，每个人的作文都可以很灿烂。

芭乐仔

"半夜骑摩托车，有时候是去看他老母。"是老夫今夜的啤酒话。

建中老学生贴心，选在新生南路我家附近聚会。二〇一二年八月十八那一夜，我们在"八仙碳烤啤酒屋"吃宵夜。二十几年前的建中老学生，为同学赴英国修博士饯行。六人聊了一夜，聊到了芭乐仔……

芭乐仔，是我的学生，二十几年前死于车祸。昨晚他又进入我的梦境，很清晰，情节栩栩如生。

第一个画面——

他腼腆地告诉我："老师，我没带周记！"

"又没带啊……芭……乐仔！"

然后他抓抓头，笑一笑，走回座位。

第二个画面——

暑辅期间，他在三〇四班教室外，这个窗探探那个窗望望，和同学招手。最后，他不会忘了——也跟我挥挥手，我也故作潇洒，回了一个手势。

二十几年了，这两个镜头，经常在我梦里出现。

那一年，芭乐仔，高二没升上高三。别人上暑期辅导课，他成天往外跑。

芭乐仔，高一读了两次。他来自公务员家庭，父亲拘谨木讷，话少得很。凑巧的是，他老哥也是我亲炙的建中学长，像极了他爸，我说十句，他回不上一句。父母离异，父子三人各忙各的，高二学校日竟都来了，怎么看一家子都是老实认命的人。课业虽然垫底，他却是让当老师的渴望拯救的学生。

他不是初中补习班来的，可是高一第一次段考就悲凉地躺下，怎么都翻不了身。成绩失去舞台，他选择做一个荡荡游魂，浑浑噩噩是失意驼客共同的节奏。跟留级生混在一起，还算能相濡以沫，作细汉（小跟班）的，他也甘之如饴。这样的边缘人屈指可数，他却有莫名的快活。

被另一帮留级的学长盯上，是他人生悲哀旅程的开始。

“芭乐仔，搞点钱花花？”他没钱。

“芭乐仔，那个幺幺捌的歹看面仔（那个一一八班脸很臭的），给他教训一下。”他没勇气。

“你是竖仔（瘪三）喔……”不吭声，憋了一年。

第一次留级，编在幺幺九班，很快闯出了名号，多了一个“玩具枪”的黑号，这是恫吓人的象征，这个绰号他很满意。“马路游”家境阔绰，常是他借钱的对象，三十、五十借了就没还。沉寂一年，他胆儿大了，耍流氓、抽烟、找不爽的人教训，有冲突他出面叫人“摆烟”（送一条烟道歉）。当年日补校共用教室，两造双方龃龉日深、宿怨难解，不愿意闹到教官室的，还有好欺负的、太臭屁的，“玩具枪”就叫他们“摆桌”（请一桌菜道歉）。

“不摆烟或者不摆桌，最好别来上课……”他俨然是个留级大哥。

“八仙碳烤啤酒屋”愈夜愈闹热。生啤酒一杯接一杯，“实验室”喝得涨红，酒后全说了，“阿狗仔”“坏人”则随时补充。“实验室”说他看不惯芭乐仔霸凌身边的同学，找芭乐仔“聊天”，竟然发现他只是披着狼皮的羊，也就不方便对他伸张正义。后来熟了，同是厕所的烟客，他俩意外成了哥们儿。

好不容易“一补”“二补”才补考过关，上了高二。我是芭乐仔高二导师，他的点点滴滴，辅导教官特别提醒，老夫已经有底。

高二初见面，他语气谦卑，又很有侠客的味道。留级生，必须先问一问。第一次段考，成绩仍然在老位置，稳如泰山。拿着成绩单，我拉他到椰子树下花圃旁，我严峻地告诫他——

> 建中没什么好混，也混不出什么名堂，一群绝顶聪明又会读书的才子，欺负他们没意思。在这里耍流氓，人家是瞧不起你，不是怕你，我不准你乱来。需要我帮忙，你尽管说。不可霸凌，你干过的、想干的、还没干的，老夫都干过了。听清楚，我只讲一遍，有任何事都可以找我，我会帮你。要是乱搞，我一定严惩。我会每天问你老爸，看你回家都在干什么……

芭乐仔隔周周记只写了三行，其中一行：“老师，我会做好子（正当做人）。”

有一天父亲来校，喜滋滋说是来拜访我。

“孩子变了一个人，天天放学就回家。谢谢老师。”

表现良好，后来他父亲答应让他以自己零用钱买二手机车，条件是高二不可以再留级，别像哥哥将建中当五专来读。

当年第一类组学生成绩悬殊，好坏两极端，感情却在一条线上，十分融洽。有了一部违规偷骑的摩托车后，他成了班上的车夫，也是好说话的兄弟。外出采买外食、漫画书，他跑第一，只收油钱。没人歧视他的功课，大哥变小弟，他不以为忤。跑腿这种麻烦事，只有他有办法。

他生活拮据，常跟同学调钱，三十、五十周转没完，午休没便当吃，这边一口那边一口，凑合就是一顿。后来靠撞球营生，放学后的“快乐营”撞球场，是他最亮的舞台。高二下进入球技高峰期，外号“中袋王子”，每赌多赢。小赢个五十、一百，就买卤味，以飨观战加油的同窗。撞赢了，就说“对方是高手”；撞输了，就说“对方是肉脚”。芭乐仔式的阿 Q 哲学，是他留给大家的名言。

成绩是他的罩门，他怎么考怎么凄惨。但是坚持不作弊，别人要“落答案”给他看，他也不要。

“偷看也是小偷，那是垃圾。我清清白白地摆尾（垫底），还是一个查甫子，不然怎么跟人家‘站起’！”

当年第一类组，“英雄”“侠客”也有一席之地。有一次他骑着他的大路易九十出去买冰，被教官发现，以为教官会来追杀，猛加油门，摔了个跟斗，左半身皮开肉绽，灾情惨重，冰没买成还跟同学道歉。这是他的侠义、他的英雄气概。

机车摔伤，却让我见到了他的母亲。

杯盘狼藉，大家已有七分酒意，芭乐仔他妈，没人见过。我这么一提，大家眼睛全亮了。大家七嘴八舌：“老师说……老师快说……”

“老板娘，生啤酒搁再来……一人一杯……”

我有陈年痛风痼疾，痛风最忌啤酒，但是，这时候需要啤酒。

芭乐仔摔伤的第三天，他妈来找我。他哥哥阿洲在建中虽然功课也不顺遂，但没惹事也没出事，静静地红楼梦醒，吃了五年的建中牛肉汤面，静静地离开建中大门。那两年，我没见过芭乐仔他妈。

芭乐仔妈妈，读书不多，夫妻离婚后，像结了很深的冤仇一样，两人从此不相往来。他妈妈离婚后在树林一家工厂当女工，收入有限，又租赁在外。芭乐仔高一重读那一年，他老母就得了罕见疾病，一直查不出病因，生活出了问题。芭乐仔跟他哥哥阿洲瞒着父亲，两人偷偷把每月父亲给的三餐伙食费和零用钱四千元，全给了妈妈。

所以芭乐仔虽然骑摩托车，他身上没钱，车其实也是代步，方便看母亲。你们有看过他带便当、买便当吗？他跟所有认识的人都借过钱，就是不愿意接受学校的急难救助，芭乐仔说不能让爸爸知道。偶尔他会去打工，就是这样。

我借过他三次钱，都是两千。这都是机车摔伤以后的事，所以那一次不假外出，我没同意记他过。他妈妈说："我阿疆真有孝（孝顺），我没这款囝仔，一个礼拜来看我一两次，惊他老爸知道，都是半夜骑车来看我的……"

第三次借钱那一次，芭乐仔噙着泪水说："对不起，老师，我妈很可怜……"

有酒意，有震惊，大家眼眶都红了。

"那耶按呢？他都没讲过……"阿德眼睛张得很大。

"老师，真的吗？"

"哇！芭乐仔有够硬气。"晚到的小周说。

"这尾小罗鳗（小流氓），我的天啊……"

夜色已深，台北的夜晚依然炙热湿闷，啤酒气从身上沁了出来。

“英国仔，老学生好好读书喔……”

大家带着芭乐仔的故事回家，好重，好沉。

“整天无所事事，经常半夜他还在外游荡。”是他老爸告诉我的。

“骑着破摩托车，跟其他没升上来的瞎混。”是我学生告诉我的。

“半夜骑摩托车，有时候是去看他老母。”是老夫今夜的啤酒话。

一九九一年的夏天，他高二留级，第二次重读。农历七月初七，为庆祝他高一的同学考完大学，七夕情人节，同样没马子。两人夜游，他依然骑着他的大路易机车，载着同学，在驰往“八仙乐园”的途中，摔到桥下，出了意外，芭乐仔就这样走了。第二天暑辅，全班错愕，芭乐仔回不来了。

“实验室”爆料：全班都有借过钱给芭乐仔，只有英国仔向他借过钱，而且没还。出殡当天，英国仔买了很多纸钱，该还的钱，连本带利，全烧给他。

头几回同学会都选定芭乐仔的忌日，然后到新庄“地藏庵”

膜拜，祈求幽冥教主地藏王菩萨救度芭乐仔。“坏人”还经常打电话到电台，点歌给芭乐仔听，播他最爱听的那一首——《我是男子汉》。

每次回内人娘家树林，偶尔会经过板桥宏法禅寺，不经意地瞄他一眼，“嗯，芭乐仔在塔里面修行”。往树林有很多条路，他经常半夜骑大路易机车看他老母，不晓得走哪一条？

（本文发表于《联合报》副刊，二〇一五年元月廿一日）

“芭乐仔”瘦瘦的，虽然长得很排长，也是狠角色，校外硬碰硬，“谁怕谁”。谈起芭乐仔，他自有他江湖的一面。校内吃软不吃硬，老师面前温良恭俭让，他一个德行也没少。不是乐天派，却很少看他臭着脸，来得太早的沧桑，少得太多的天伦，苦得太深的青春，有芭乐仔短短人生的应世哲学。

在板桥长江路的殡仪馆，我一直懊恼地想。对着他也是我学生的大哥说：“都是我的错，我应该狠狠骂他！”我做得到的。“或者给他一巴掌！”我出得了手。

爸爸是个好公务员，两个性情温和的建中兄弟，妈妈多年没陪他们长大，我打不下去，我骂不出口。芭乐仔！我真狠狠骂了，你会不半夜出去溜达溜达吗？二十几年了，我心里还痛！我动作不够大，你会听话的。芭乐仔！唯一能告慰你的是——你的忌日就是三〇四的同学会。

“八仙乐园”，那一条窄桥，当天，你怎么摔下去的？老夫不知情。

“八仙碳烤”，这一条暗巷，那晚，我怎么走回来的？老夫不知道。

打了，如果真的能让你不出乱子，芭乐仔，我真的很想给你几巴掌。太多科红字，真的救不了你。学生都救不回来，说什么呢？芭乐仔，老夫真的对不起你！高三你升上来就没事了……

步步轻呛，步步轻呛

转身买便当，乍见左斜方 45 度角，一头齐齐整整又黑溜溜的青丝……

慢慢的云，慢慢的雨，慢慢的人，慢慢的车，慢慢的情。从苗栗踏上区间车往新竹，行旅形容缓缓，车内空空荡荡，一路慢慢悠悠，不像个热闹的假日。老人多，话语简单，声音迟迟，慢慢吞吞儿。随便寻个位置坐下，心里的节奏整个慢了下来。

小时候搭小火车往太平山牛斗的回忆，一幕一幕贴出，随着老父、老祖父、老曾祖父往更深的山里头走。印象中，手上总是提着一桶三公升掺有盐巴的水，我还负责背几个菜脯蛋便当，出门就是上山工作，应该美丽的风景并没有特别抢眼地记下。

“腾云号”是城市里的火车，车头漂亮抢眼，像京剧中的脸谱，不走牛斗线。我们乡下的小火车，就是一身黑，速度奇慢，从三星要坐很久才到得了牛斗。两块钱，不贵，都是去牛斗滥垦种蕃薯的，却有很多人逃票。只管两三节车厢的列车长，不太查票验票，大家熟。愿意买就买，火车有人搭就行。

第一次搭大火车——普通车远行，往村外走，是四十年前高中毕业去参加大学联考，这种慢条斯理的普通车，庄脚人（编注：乡下人）管它叫慢车。每一站都慢慢地停，再慢慢地开，蜿蜒的黑身往前“步步轻呛……步步轻呛……”，喷着棉花球般的白烟沿路腾声，像慢跑选手有节奏地吐着气儿。“……步步轻呛……步步轻呛……”。

那一次新鲜的经验，是我爱上慢车的缘由。每一站都有穿戴突出、动作快速、呼声高亢、边跑边寻、呼呐着“便当……便当……”的叫卖声。三个半小时的慢郎中，从罗东“步步轻呛步步轻呛……”，像一条土龙慢慢扭腰、摆臀，一下子就来了一个山洞，洞前洞后，忽黑忽亮。一个山洞，一串丢丢铜，几十个丢丢铜数完，慢车就钻向台北了。丢丢铜是慢车发明的，慢车没有丢丢铜，走不出它古朴的节奏。

火车行到伊都，阿妹伊都丢，唉唷磅空内。磅空的水伊都，丢丢铜仔伊都，阿妹伊都，丢仔伊都滴落来。

沿途都是绿油油的稻田，天青青，海也蓝蓝，云白白，浪也滔滔。虽然是教文人入诗、画家入画的好景致，惯看篱落炊烟，眼前满目海天一色、清鲜灵动不是我要急着记得的画布。

成为怀人骚情是以后的事，但是可以坐很久的慢车，成为我返乡的最爱。

那一次赶考，坐一趟慢车，到了福隆，海连着天，天连着海，我有充分的理由看她和远天的海色。福隆便当有名，转身买便当，乍见左斜方 45 度角，一头齐齐整整又黑溜溜的青丝、穿着兰阳女中校服、手里捧着地理课本的女生，小嘴念念有辞，显然也是赶考，车厢里装很多这样的人。她是“车顶水姑娘”（车上的美丽姑娘），一首歌从我心里响起。

坐火车过磅空／心情真轻松／车顶一位水姑娘／目睭真活动

嘴巴胭脂抹红红／长长黑头鬃／看人着用目尾送／害我心内跳恰恰

要问你一句话／不知通不通

她身旁一路很聒噪的同学静了下来。敢情她合是崔莺莺，张生也在，红娘不难找，再借个“普救寺”，元稹的《会真记》就成形了。“……步步轻呛……步步轻呛……”火车向前行，福隆起步走，特别有精神。王实甫的《崔莺莺待月西厢记》，有不少令人脸红的句子，一路“步步轻呛……步步轻呛……”进来了。

（步步轻呛……步步轻呛……）

“绣鞋儿刚半拆，柳腰儿够一搦，羞答答不肯把头抬，只将鸳枕捱。云鬟仿佛坠金钗，偏宜鬏儿歪。”

（步步轻呛……步步轻呛……）

（步步轻呛……步步轻呛……）

“我将这钮扣儿松，把缕带儿解；兰麝散幽斋。不良会把人禁害，怎不肯回过脸儿来？”

（步步轻呛……步步轻呛……）

（步步轻呛……步步轻呛……）

“我这里软玉温香抱满怀。呀，阮肇到天台，春至人间花弄色。将柳腰款摆，花心轻拆？”

（步步轻呛……步步轻呛……）

那位聒噪而机灵的女生发现了我的注目，碰了一下崔莺莺的身体，耳语半天。时而笑，时而望，我一时手足失措，眼珠子无处摆。她斜眄一眼，张生我心里步步轻呛，步步轻呛了起来。大家都望向窗外，一片绿在奔跑。“眄睐以适意，引领遥相睎”，古诗十九首的，对。她是这样吗？她是这样吗？

“步步轻呛……步步轻呛……”速度加快，轻呛轻呛很野很野，火车雄性了起来。

坐火车到嘉义／心情真趣味／车顶彼兮美姑娘／对阮笑微微

给我加添着勇气／紧紧行偎去／刚好开嘴要问你／忽然听着哔哔哔

想问的一句话／搁再吞落去

收回窗外海蓝蓝的视线，座位上不见人，空着两个位置。那耶按呢？那耶按呢？那耶按呢？……走到别的车厢了吗？换位置了吗？我眼睛太那个吗？

坐火车过铁桥／身躯对伊摇／耳孔边块玲珑叫／心肝像火烧

请问小姐要叨去／敢会感稀微／那未感觉有趣味／咱来做着好友谊

怎样你无诚意／越头做你去

心里的歌唱完，车顶水姑娘没再出现，打开语文课本，过了八堵，该读一点书了。

“步步轻呛……步步轻呛……”火车声似乎又缓了下来。

新竹到了，问清路线，再搭“六家线”转往高铁新竹站的接驳车。往高铁的旅客，神色紧张了起来，脚步悄悄加快。我

依然在十八岁的慢车上，步步轻呛，步步轻呛……

新竹／北新竹

张君瑞委托红娘递纸条，崔莺莺回复说：“待月西厢下，近风户半开。拂墙花影动，疑是玉人来。”好戏上场，好戏即将上场。

（步步轻呛……步步轻呛……）

北新竹／千甲

曾经沧海难为水，除却巫山不是云。

取次花丛懒回顾，半缘修道半缘君。

（步步轻呛……步步轻呛……）

千甲／新庄

元稹的《离思》背完，步步轻呛步步轻呛，速度急了。

新庄／竹中

我倏然起身，站了起来。大家朝我看了一眼，也骚动起来。

“步步轻呛，步步轻呛”听不到了……

慢车是慢，四十年前，机会不来，我不是张生。六家到了。

新竹／北新竹／千甲／新庄／竹中／六家（步步——轻！呛！）

我补了车票，跟着接驳客往高铁旋转桥走去。台风天雨骤风狂，心急了。

（步步轻呛……步步轻呛……步步轻呛……步步轻呛……）

四十年过去了，我是个忠诚的旅人，该我怀念家乡的离愁我没忘记。四十年前火车窗外兰阳的绿，龟山岛外的夕阳，婆娑起舞的海洋，仿佛也步步轻呛，步步轻呛了回来。

那位坐在第八节车厢左边数来第三个、我左斜方 45 度角、看得清清楚楚的清纯、留着规规矩矩的女生头、穿着兰阳女中校服、手掌心捧着地理课本的女生，跟“步步轻呛，步步轻呛”一样走远了。

新竹／六家，票价十六元的票根没人收，我带了出来。“步步轻呛，步步轻呛”的邂逅，却遗失在十八岁赶考的慢车上。

（步步轻呛……步步轻呛……步步轻呛……步步轻呛……）

今天只剩下阿里山森林铁道、集集观光车站，以及在溪湖、蒜头、新营的台糖小火车等观光铁道，才见得到五分车或七分车的小火车了。观光与怀旧，是小火车“步步轻呛……步步轻呛……”最后的一口气。

想到小时候，老爸算是规矩的乘客，他总会经过验票口进站，到牛斗站的火车车资大人二元，一一〇厘米以上的孩童一元。爸爸的理由是买票就不用跳车，也不怕人家验票。挑着担子出门，回来就是满满的白肉蕃薯，牛斗种的这种蕃薯特别清甜，家里田沟边种的都是给猪吃的，容易种，长得多，但口感不佳。

从三星到以卜肉闻名的天送埤，再到有地热发电的清水湖，最后到达牛斗，当中还有很多小站。速度是由司机控制的，快慢由他，乡下人也没人在乎要花多少时间。有时候火车会停下来，大部分是因为碰上崩山或枕木松了，临停维修。有时候司机半路上需要跟人讲话或受托送物，小火车也会停下片刻。没人会哭爸骂人，那是一个人们懂得谅解别人的年代，情总是摆在第一位，也没什么人违法，生活都是这样悠悠地过。

火车每一站都停，跟驮负的畜牲一样，它也要吃水。火车一身黑的身躯，弥漫在白色的水蒸汽中，是我记忆中最美的泼墨画。然后，有人挥着旗子，下令开动，长长的一个“步——”声，就“火车起行蓬蓬烟”了。“步—步—轻—呛”，看得见地由慢而快，“步步轻呛，步步轻呛……”，一溜烟就走过了很多人的童年。

C

我的心乱成一团，感觉飞起来的“C”都长得很愤怒。

明天作文抽查，今晚不会是个美丽的夜晚。

高一迟交，高二补交，高三忘了要交，代表高中岁月的作文三部曲。年轻的语文老师没什么好怨的，离退休日子还长得很，改作文很折磨，这种怨怼不能多想。老夫当了一辈子语文老师，深深觉悟一定是上辈子做错了什么事，当然也有可能积了不少阴德留给下辈子。

“愈夜愈美丽”，会这么想的，以女性语文老师居多。平常总是在晚上九点料理好家务，全家上床就寝后，再从容不迫地抱着一大叠作文簿，走到书桌面前。坐定，心里头呼口号三遍——“认真的女人最美”，自己给自己麻醉片刻。然后改啊改，改啊改，改了三十年，把头发都改白了。最后，再陶醉在“我这一生都奉献给教育了”这样的幻觉里。

改作文的大灯打开，都是从一声长叹开始的。今晚尤其需要长吁短叹的长短调，才能扛得起如尚方宝剑的那一支笔，很正义很公理地处理这些补交的作文战犯，该砍的砍，该剐的剐，让顽劣叛逆的学生“哎呀”惨叫一声好痛，让他体会作文人生有多艰难，以后要共体时艰，作文才有好下落。

行情价——补交统统以“C”伺候，老夫是这么干的。其实补交也没几个好好写的，虽不中亦不远矣。

“一张旧照片”

有的文章一开头就来个：“照片的价值你知道吗？那让我慢慢来告诉你吧……”窠臼窠臼！老夫给你个“C”。还有的以牺牲亲人来成就自己的作文，阿公阿嬷们当心了，你最疼的金孙拿你当祭品了。枉费枉费，都是瞎扯蛋，比“C”好一点，加个“+”。

“人物论”

这类题目，十个有八个都写“岳飞”“文天祥”，好像五千年文化就只有这两个人。堂堂建中人只认识这两人，套招套招！因为初中语文课本有编选这两个民族英雄，学生就移花接木，像照相一样，想当然耳完全照抄，以记述行文，什么也没论，也是给个“C”；抄得不得体，就在“C”的右手边加个“-”，惩处以标准答案进行写作的遗毒。

“惑”

不是“疑惑”“迷惑”就是“困惑”，像在造词比赛，不痛不痒，一窝蜂一窝蜂！只是在门前摇旗呐喊，呼呐喊叫一番，满篇都是惑惑惑，像行尸走肉，又像荡荡游魂，写的都不是自己想要写的，东一句名言佳句，西一套卖菜阿嬷的事例。二话不说，“C”“C”“C”。

……

草草搞定，也算是一种大刀阔斧，但必须心够狠，“杀无赦”，才下得了手。

可是啊！天有不测风云，人有旦夕祸福。没有那个王者的天命，就不要随便对学生棒打落水狗。不要随便跟老天开玩笑，人在做，天在看。老夫不分首从，一律以“C”给补交学生重重处罚，这完全是情绪反应，严格来说，是没有人性的做法，经不起天理良知的检验。

下面一段故事，是老夫真实的遭遇，不折不扣的天谴。学生到学校来的首要目的就是来学陌生的知识，他若不爱，教书的我们要回家反省反省。老夫老矣，请后生晚辈以我为鉴，那个“C”规矩，说给普罗大众听，算是“前言戏之耳”。语文先不要有样学样。老夫只是虚惊一场，你未必能全身而退。

萧飒秋寒，骑着电动的老驴，我慢悠悠地看街头写景。光阳一二五“卜卜卜”，天色阴灰，低吟浅啸，缓老缓行。

一个黑包包，两个旧书袋，老夫结果了两个班的补交作文。眉眉批批，在整捆作文簿内含敛血色，那是我心沸腾。热热火火，我放任笔刀晕染，作文纸若落日霞红洒遍。

讲台上，我是《三国志》，鼓书英雄的悲凉；案桌上，我是个霸者，高唱作文的哀歌。今天一早要发下补交作文，有人要丧胆。所有人都得“C”，老夫是杀手。

只差一段路，红楼后退。合该是一阵邪风，老夫的书箧滚落南海路中央。一部小心翼翼的小货车，粗犷辗过，作文纸解放。一号在逃，二号在逃，三号起飞，四号翱翔……一个班级纸飞吹扬，一个班级尸横遍野。捡一张，掉三张，张张都是我的斑斑血泪；抓一篇，落三篇，篇篇都是我的血泪斑斑。得“C”的在奋飞，得“C”的在挣脱。

交通队收岗。

南海路死静。

“谁来救我？救命喔……”

“谁来帮我？救命喔……”

上天啊！作文不杀我，我却因为作文而死！

苍天啊！一支红笔穿肠剖肚，我滥杀无辜？

一个老阿公走近，一个老阿嬷走近，植物园来了！三个四个五个六个七个，植物园喔咿喔咿救人了！植物园早觉的悠闲老者，悠闲走出，闲话走出……

仙风道骨的，斜穿。古道热肠的，腾飞。老扶老，眼睛快跑。急急如律令，冲来！改好的作文如黥面，横七竖八躺在乱葬岗。眼角一瞥，不远的远方红灯亮起，有救了。

清癯的老人走在前面，像救火队的头头。他挥一挥义勇的手，行侠仗义的眼神，热情地说：

“老师免烦恼，我们帮你捡。阿西仔，紧来紧来……”

“你们两个查某在这边，我们去那路中央那一边。”

“阿蕊啊！你负责看车，车驶过来，要喊一下。”

“恰边耶先捡，恰多的先捡，恰安全耶先捡。”（较边边的先捡，较多的先捡，较安全的先捡。）

缓缓蹲下，看起来不慌不忙，人生急不得；急急救纸，捡起来有板有眼，意外慢不得。我心乱成一团，感觉飞起来的“C”都长得很愤怒。

来了七老人，红楼收了一亩田，稻浪婆娑，粒粒金黄。一位急匆匆的大漠迟到客，小跑步赶路，心慌意迷……瞅了一眼，退后两步，跟着多位老人弯下腰，拾穗……他捡起一张，是南海路中央最胶着的一张，等第“C⁻”。那一张“C⁻”越过双黄线，“C⁻”它顽强待飞，“C⁻”它一心遁逃。

绿灯亮了！刚好收拾完毕。

“谢谢！谢谢！”

“免惊免惊。”

“谢谢！谢谢！”

“老师啊，好家在……”

“谢谢！谢谢！”

接过红楼才子那张伤痕累累的“C^{-}”，一滴雨落下来。南海路的心，像一条滚滚感恩的河，老夫喜获甘霖。我戴着安全帽，一个跟我一样差近耳顺的老翁说：“老师啊，您一定惊着了。”

我点点头。

今天发抽查用的补交作文，老夫魂飞，魄散，胆丧。以后不打“C”了。

作业抽查的季节来临，作文补交的成本最高，它必须从零开始写起，不似其他科可以东抄西抄，很快可以写定。同样的，语文老师也好不到哪里去，他也必须一字一字看、一句一句圈，评语少不了，动作快不起来，学生恳求晚交声声迟，你也只有闭目养神声声慢。

“迟交”没追踪，接着就堕落成“补交”，补交一久就沉沦成了“不交”。等到兵临城下，教务处抽查令一下，作文战场总是哀鸿遍野。你不给机会，学生就两手一摊，无所谓给你看，反正最后都是熬夜拼起来的，这是定律。

作文大扫除的结果，两三个班总有一堆不怕死的红楼才子，临到最后一刻才将热腾腾的补交作业送上门。于是“诲人不倦”的语文先生还得要“有教无类”，忍人之所不能忍，一个晚上统统善后。为了表示我们的豁达大度，我们只有不计前愆一条路，不能给人家扣分，有一分胸襟才有一分事业。何况没交作业是我们督军不严，小老师作业没收好，我们也要概括承受，极低调地处理。

让学生喜欢，是写作业的康庄大道；抽一鞭走一步，骂一句写一行，那是对付畜牲的手段。我们是万物之灵的人，老师、学生都要懂得这个道理。

二　学生存的能力

后　母

“奥莉薇，我知道她是新妈妈。她告诉我，她希望能尽最大的力量得到你的宽恕，帮你考上好学校，以慰你在天之灵的母亲。”

文中行瘦瘦高高的，升旗队伍中最高的一个，站在队伍里特别突兀，教室的座位怎么换，他总是坐在中间。很快，我就听到他的绰号“奥莉薇”——卡通《大力水手》中的女主角。取得真神，我心里偷笑了好几回。他的手细如绳，深怕他不小心打结，讲起话来声音很大，又喜欢张牙舞爪，我一下子就认识他了。没多久，几位任课老师就纷纷来抱怨了。

“你们班的课上不下去，那个蚊子每次都‘嗡嗡嗡’问个没完。”

“那个‘奥莉薇’喜欢哗众取宠，数学不好又爱捣蛋！”

“开口闭口就‘他奶奶的！他奶奶的！’‘奶奶’个没完……真想揍他一顿！”

上课好辩好问，他的文章同时引起我的注意，笔调惊悚骇人，我对他十分好奇。大多数的学生惯于套公式，写作文像解物理、演算数学一样。文中行的文章不一样，虽然批判性强，逢事必反，议论大胆，常走偏锋，牢骚满腹，每篇文章都像在衙门口诉愿鸣冤一般，文不惊人死不休，至少他敢想敢写，我总是朝着“言之有物”的心情细读他的作文。

教室里的风暴烧到我的领土，“中华文化基本教材”烧起来了，他才一瞪目，感觉就兵临城下了。同学的表情很无奈，有的近乎不屑。

“老师你整天就尧啊舜啊，天天在卖这两家店，好吗？有人考证大禹是条虫，你还相信有尧有舜吗？我很想听听你心里的真正想法。”

天啊！难不成他已经把顾颉刚的《古史辨》这一套书看过了？建中人没什么不可能，高中三年读完原文版《资治通鉴》《史记》的大有人在，至于精读《资本论》、尼采等，也颇不乏其人。他台下搦战，我不能随便敷衍，丢盔弃甲，也很懦弱，这事儿要强渡关山，带刀上阵，直接应战。

“这个问题问得绝，让我以离开讲台的身份回答你。如果你要问有没有这些人，这是传说中的人物，我没办法证明有或没有。可是有没有尧、舜、禹并不重要，有没有那个时代也不重要。

但是有尧禅让给舜、舜禅让给禹这个思想很重要，它价值连城。如果能证明没有这尧、舜、禹这些人，那么创造这个让位思想的哲人就太了不起了。在家天下的时代能提出禅让举贤的思想，能不伟大吗？你说是不是？中行……”

“嗯，老师，我服气！”他眼神温和很多。不久，又举手提问。

“孔子他说：‘孝哉！闵子骞，人不闲于其父母昆弟之言。’你的评价如何？”

“在《韩诗外传》关于闵子骞的记载有：‘母在一子单，母去三子寒’的故事，他是个孝子……”文中行岔话，阻止我继续说。

“老师，我是想听听你的评论……”

“从我的角度看这件事，不要只在孝道的层面着墨，闵子骞的话可以当智慧看。”

“嗯，老师，你格调唱得太高了！我佩服你的说法，但没有完全说服我，有点抽象……”

文中行在周五社团活动课单独来办公室找我，要跟我谈谈他的私事。我带他到校友会办公室，这是最寂静的幽室。

老师，我的母亲死得早，在我初一下学期得乳癌病故。上礼拜四学校日来班上的是我后母，不是我亲生母亲。我曾经很恨她夺走我的父亲，她进门后，我等于父母双亡了。我也恨我父亲，我妈走后不到三年，他就续弦。更不能忍受的是他假惺惺说尊重我的决定，一定征得我的同意才让后母进门，只要我说不，就放弃再娶阿姨进来。我眸子如刀光如剑芒，他知道我眼神的意思，他懂。爸妈从小教我听从大人的话，"光听不说"，我没答腔，我们很快结束尴尬的话题。

"你的意思我知道！"三个月后，父亲还是办了一场简单的喜宴，从此我多了一个新妈妈。

听外祖母私下告诉我，因为父亲外面有女人，忿恨之余，所以我的母亲不愿意开刀治疗。其实她只是二期，医生很有把握的。父亲从来没有提起，我妈自始至终都没在我面前埋怨过。只说她生病，要接受自然疗法，一切看天的意思。

我很孤癖也很暴躁，我觉得这个世界对不起我，天是干什么的？地是干什么的？

为什么倒霉事都在我家，都在我身上。

"你的心情可以理解，换作我可能会自暴自弃……你不错，还能考上建中。"

"我是替我妈考给我爸和新妈妈看的，我不可能接受她。"

"给你后母一条路，也给你自己一条路。也许不完全如你想的……谢谢你告诉我这些，你信得过我，我很高兴。我会保密……咱们再聊……"

下学期的学校日，文中行的后母又出席了，坐在文中行杂乱的座位上。整个人枯瘦，刻意留到最后，等所有家长一一和我讲完话后，她示意一起走，边走边聊，到庄三办公室拿包包，我们继续走下楼。

“老师你好，我是文中行的妈妈。我有话跟你说，方便吗？中行服你，所以请你帮忙。我不是他亲生母亲……”

“中行跟我提过，我知道这回事。”她有点讶异，沉默了一下。我们坐在红楼前环形的瓷砖上，她背对着红楼直射而来的强光，黯淡中感受得到她的无奈与坚韧。

“他都跟老师讲了……那就好，我不用重复。我得了乳癌，跟中行的妈一样。我比较严重，三期到四期。我一定得找一个人说，老师你年纪大，我信得过，我怕来不及，万一……我决定开刀接受化疗，我有莫大的责任。老师我有一封信请你过目，是我个人的事，回家再看。我很脆弱，你要帮我……”发下去的白纸，是给家长简要条列陈述学生的状况，他却当成无奈的控诉，同时也是无言的倾诉。十点整，校园大灯关了，人冷清了。

“林老师，您好！我已是癌末之人，无人可说，中行的父亲一直在大陆经商，有人上个月辗转告诉我文爸爸在苏州有女友，我现在已一无所有。我曾是他父亲的小三，第一个对不起中行妈的女人，这一直是我的阴影。虽然中行对我一直很冷，他爸要不要中行我不管，我要活下去，至少帮他再考个好大学，以慰他天上的妈妈。老师你要帮我，也许我只有这个机会！在学校请您多费点神，这个孩子可怜。我开刀在即，让老师了解。我们生活无虞……我还没让中行知道，也没让他爸知道……老师保密，我要用我的方式赎罪……”

“天啊！……”我心里狂喊着。

第四节下课钟响了，我班教室就在办公室第二间。看着中行拿着便当，边走边吃，迎面而来。

“老师，请教你一个问题，关于管仲是不是仁者的问题，子路和子贡掀起了教室的风暴，跟孔子直接杠上了。想问问老师你的看法。”

“好问题，明天大家来讨论讨论，你先开第一枪。你回去再想一想，希望你比子路和子贡聪明……等你来挑战！”

“有意思！”

“奥莉薇，等你考完试我们来聊一聊，我鼓励你参加今年的‘红楼文学奖’。你能写，发挥你的想象力，参加红楼文学奖，小说、散文、新诗都行，得了奖作品会放在校史室，会不朽喔。”

“真的喔！好，谢谢老师。参加哪一组？”

“你可以写小说。还有一个多月，可以琢磨琢磨……”

三周后，文中行的新妈妈开刀了，英俊又有派头的文爸爸，和文中行坐在恢复室一排长长的沙发上，发呆，不语。文中行看到我，立即站了起来，趋向前。我跟文爸爸握个手，文爸爸热情地拉着我，走了几步，我们两个大人靠着窗边聊了起来。楼层不高，庸俗的世界在窗外熙攘往来。

“老师，谢谢你，特别跑来探视我内人。我长年在大陆经商，一直没机会见老师。

“整个家都靠我内人撑着，我真亏欠她。还好他们母子从小到大，感情特别好，都没让我操心。”

“一个女人撑起一个家，真不容易。我的母亲十三岁没了娘，我爷爷长年在外不顾家，我母亲就这样，一个小女孩开个杂货铺，从零开始，和我的曾祖父母相依为命。这是我家的真实故事。我非常崇敬我的母亲，这一年多来我和中行妈经常联系，她很了不起，病好以后多一点时间陪她。至于文中行大考，那是他自己的责任，不用太操心。文妈妈需要更多的关怀……”

我要离开的时候，文中行特别趋前和我说话。

“谢谢老师！谢谢老师！”

“奥莉薇，我知道她是新妈妈。她告诉我，她希望能尽最大的力量得到你的宽恕，帮你考上好学校，以慰你在天之灵的母亲。你要争气，她成全你，你更要成全她……”文中行一脸愕然。

(柳燕妮的家属请到恢复室，柳燕妮的家属……)

广播连续播音，等候的各路陌生人，显得有些焦躁，一阵骚动，旋即平静。

“去去去……去陪你妈……”我赶着中行走。

文爸爸跟我挥手，有点儿真诚，也有点儿腼腆。

走入电梯，我沉思半晌，打算明天一早提醒能写的文中行，记得参加“红楼文学奖”，“后母”是个好题目。

有平常的生活就有正常的人生，但是就算正常的人生，也往往不免遭遇很多横逆与难堪。你想要的和不想要的经常交迭而来，大概这就是人生吧！

文中行好学，也有几分鬼才，在同侪团体里向来是狂傲的书生。只是他的心理素质比一般人弱，有时候高亢得很，情绪来的时候又特别落寞。喜欢文史哲，喜欢艺术，但是他却立了要当医生的宏愿，理由很简单：“我要替妈妈做一点济世的事。”志业背后所潜藏的孺慕之情，可以想见一斑。

生母是受害者，为人妻因着丈夫的背弃而失去了活下去的勇气，任癌症坐大，眼睁睁让癌细胞吞噬自己的生命，以放弃求生的意志来教训夫婿，企图让他遗恨一生。

后母也是受害者，从婚姻的破坏者开始，也尝到被破坏的痛楚。但她以积极求生的信念，要捍卫这个家。小三扶正，最后竟然也成为另一个小三的重伤病患。让文中行考上好学校，以慰第一位文妈妈，竟然是她良心最后也是唯一的救赎。

恢复室的麻药失效之后，文中行后母的心灵要怎么恢复与重建呢？文爸爸心里头的麻药是不是也即将失灵？两度对婚姻的不忠，阴霾要怎么走出来？最后后母与文中行的纠葛，该怎么解套？我觉得，文中行壮大自己的肩膀，将心比心，淬炼成真男人，应该是最简便的一条路。

周记春秋

他第一周周记只写了“中国万岁”四个大字。

第一次接建中第一类组导师那年，我三十三岁，来建中满四年了。学校欲派男老师去中兴这四个班，我长得冷、长得黑、长得恶狠狠的，第一个雀屏中选。当时建中社会组学生个个身手不凡。

有的人三年读完全套《资治通鉴》，有的人对马克思《资本论》如数家珍，有的人把康德哲学原文书抱得紧紧的，有的人醉心于《史记》《汉书》《三国志》，有的人熟读《古史辨》以对付尧、舜、禹。

当时的学生是那么的难搞，又教人打从心里万分钦佩，有的天赋高，有的有家学。我总是自忖潜养华夏经典的底蕴，足以在众小萝卜头前口沫横飞。可是啊！教愈久，真的愈心虚，建中人实在太强大。

说说周记的故事，让现在的红楼才子渺小一下。

二十几年前，当时书法要用毛笔写，作文也用毛笔写，连周记都要用毛笔写，而且书法、周记每周都要写。磨墨的时代过去了，学生每天都要带一大瓶“开明墨汁”到学校，衣服书包沾上墨汁，随处可见，有时候连便当盒都黑鲁鲁的。

有位调皮的学生对写周记很有意见，他常借题发挥，散枪打鸟。改周记像泛舟一样，很刺激但也很危险。他在周记上公开宣战——

> 作文用毛笔写很不合理，请老师告诉我升学考试有用毛笔写作文的吗？用毛笔写周记更不合理，没格子怎么写啊！书法用毛笔写我没话讲，可是应该开选修课，让真正想学的好好学啊！周记是反映学生的心声，老师你若有骨气，应该考虑帮我们说说话，不能解决不怪你，请你去问校长或教育局长，让他们评评理。

他狂妄叛逆，咄咄逼人；我年轻气盛，受不了刺激。真的学青史上万言书的政治大咖，硬是逼着教务主任上我的签呈给教育局，持着作文与书法分开的理由，落实书法选修课，作文便宜行事，用硬笔方便写也方便改。我在教务处脸红脖子粗，撒野了一阵，万言书勉强上了……没想到局长居然批准了，作文可以用毛笔也可以用硬笔写。

报纸一登出来，他在全班公开说老夫带种，以后谁敢为难“导仔”（导师），便跟他没完没了……然后低声跟我说：“其实这个已经实施三年了。我们这真落伍呢！”

老夫哑巴吃黄连，觉得自己鲁莽，也为他的思虑周密连呼啧啧。

生活周记第一栏就是一周大事，记得从初中开始，学生都可以从周日报纸的“一周大事”栏选几条抄一抄就行了，想当然耳，老师都是红笔勾一勾。可是建中学生喜欢测试老师的态度，看你真的仔细看了没有。

最近有一位学生，字故意写得很草，在几条大事中埋了陷阱。上头一路写下十分顺畅：“有一个食品集团在做昧着良心的事，现在社会民间都在进行‘灭顶’计划……”然后偷渡了几个字：“嘿嘿嘿！老师你一定只顾着打勾勾没看到。”……“这是食品安全空前的炸弹。”

老夫的评语是：“哈哈哈！我看到了。天冷，你千万别‘落水’了。老师关心你。”

语文程度好的，也有人玩阴的，字迹工整端秀像欧阳询，填满了一周大事栏，俨然就是个顶级乖宝宝，让你迫不及待给他打甲上。后生晚辈的教书匠可要小心啊，最完美的作品，有时候也会包藏祸心，君不见，最鲜艳的蛇最毒，最华丽的野菇最蛊。他玩冠顶格的游戏，每一行的第一字由右读到左，竟然是——

“认真的人最美这句话都是用来麻醉老师的。”

洋洋洒洒如串珠，如果你没看出端倪来，认真的老师你就死定了。天佑老夫，我读懂了，也回敬他一句，以示用心，并且凸显自己的大气——

“谦虚的人最真这句话都是用来鼓励学生的。”

还有位学生一周大事是抄哥哥的，七八年前的新闻还是新闻吗？老夫请他给个理由，不然准备跑操场三圈。隔周他就在周记上申诉，振振有辞地说：“老师，第一，我哥哥是建中校友，我崇拜他，我以他为荣。他到德国留学，我思念他。抄他的周记，如见其人，手足之情，跃然于周记之上。第二，我老哥颜体的字雄浑刚猛，我把它当字帖来练，我个人觉得字的精神比内容有价值，新闻是什么，我根本不知道。我模仿得浑然忘我，发愤忘食，不知老之将至……”

老夫一手握拳，一手批文——

“骨肉手足，天经地义，给你拍拍手。操场免跑。”

有一位学生周记的“学习心得”栏用英文写，而且两面都写得密密麻麻的。好死不死老夫就是怕读英文才来读中文系的，而且英文字典早就典当或送人。我只好战战兢兢，如临深渊，如履薄冰，给它打上最好的等第。鼓励他赞美他好好地以英文继续写下去，险棋愈下愈不安。最后他开火了，在文末括弧内写了强大的几十个字：老师我不是要刁难你，你可以用中文写评语，这很 OK，可是总要跟我的周记内容有关啊！谢谢老师，你好有耐心喔！

天啊！那一年改他的周记，就占去了我批阅全部周记一半的时间，而且我的英文都没有进步，同时留下了可怕的后遗症——时不时就做噩梦，梦见我用英文教语文。每梦一次，就哭一次。

还有一位倾慕辅导老师爱心的学生，周记上写了很灰色的“生活纪要”，“我想死”“这是遗书”“我好烦”“跳吧”“我是个废物”“我要到另外一个安静的世界”……老夫把他找来问问，他说是文艺创作。害我寝食难安，脑筋不够用，头烦恼得都肿起来了。他见我没有进一步动作。第二天中午，我正在寻法子想策略时，忽然发现桌上有他留给我的纸条——

“老师，请你帮我把周记的内容做成专案，转到辅导老师那边，好吗？拜托拜托……”

老夫批曰：“事不宜迟，老师马上移送……你别闹了，骆驼先生。”

其他一些不想写周记的，虽然是小症头，也让人印象深刻，并且呼吸不顺。

“本周地球继续运转，没有新的宇宙新闻。”

“竹科某大厂短路，疑似皮卡丘出来搞破坏，卡通警察正在深入调查中。”

“本周因为父母为了股票投资争吵，求心情平静，周记继续停写中……”

“有学长指导我，周记不想写，就把字写很大，我觉得这样态度不好。但是我还是心情不好中，心情不好，周记就写不好，老师应该了解。这周就写到这里。”

“今天社长教我做坏事，我觉得很低潮。但实在也不能跟你说，老师保密很辛苦，容许雨过天晴后，我再写出来。就这样吧！”

有一篇最经典的周记，来自一位绝顶聪明的学生，后来考上哲学研究所。

这一位是只跟着自己的理想流行的战士。他第一周只写了四个大字——“中国万岁”。

看官们，你说怎么办？你想想他有多少话要说？老夫批了一个字："甲"。

第二周他又秀秀气气写了"中国万岁"四个大字。老夫运气，比内力，咬紧牙根又写上"甲"。第三周、第四周一样，他跟我一起在"中国万岁"和"甲"之间拔河。

第一次段考考完，满腹韬略的他，主动找我谈话。

"老师，我写'中国万岁'四个字，你为什么不找我个别谈话？"

"不过就是个周记嘛！要谈什么话？"

"那你为什么打'甲'，不打'乙'或'丙'或'丁'？"

"我打的'甲'不是等第啊，那是我的习惯，只是表示我看过了。"

"那应该打'阅'啊！"

"'阅'喔，笔划太多了，你只写四个字，我划不来。哈哈哈……"

"那你可以打'乙'或'丁'啊！只有一画两画。"

"乙？丁？那太伤感情了，有那个必要吗？"

"那，原先你打算撑到什么时候找我呢？"

"你是说算账？……你自然会来找我算账。"

"为什么？"

"你不是来了吗？"

他笑了。

（本文发表于《幼狮文艺》七三四期，二〇一五年二月号）

老夫都老大不小了，为啥打死不退？我之所以没有动退休的念头，重大的理由之一，是敬佩建中学生的天赋、智慧、理想、器识。建中人的周记不是人云亦云，也不是瞎爆料、充版面的。

那位“中国万岁先生”，就是高三已饱读西洋哲学、政治以及中国经典的红楼才子。后来他当班头，任何事都会先跟我商量。他热血理想，用脑子良知兴风作浪，教人深深钦服。

现在他还屹立在第一线，为民间劳工争权益，仍然是极具政治圣洁与理想的建中人。我非常看好他，不在于他是否荣华富贵。因为他追求的不是这个，我说的也不是这个。我为他翘起大拇指，为的是他的政治清骨。

惧怕他三分的是纯小人，敬畏他三分的是读书人，欣赏他三分的是政治家。政治家在哪里？这一位我很崇拜的建中驼客。个儿不高，肚子有料，符合矬子肚子三把刀的古谚。我要活久一点，好看着他登上最高枝摇旗呐喊。

以他力透纸背的如椽大笔挥洒，以他浩气凛然的正义喉舌高唱，能说能写有脑子有骨气有自己。他是第一流建中人的缩影。

师友斜影

做一位工友，可以像这个样子；做一位老师，就要像这个样子。

建中一一四周年校庆，雨下得不小，小驼客们没把它当一回事。闹热滚滚，跟每个十七八岁的少年郎一样，亢奋得很。从上午九点起我就没有离开庄敬三楼的办公桌。一波波的学生来看你，一声声的亲切问你老师好。

看到一个人：惊喜。想到一个人：惊悚。

这两个人，只要是晚近三十年建中毕业的都该认识。做一个工友，可以像这个样子；做一个老师，就要像这个样子。

红楼斜风，灰雨蒙蒙。最难得的是看到一个人——老工友

阿猜。

阿猜抱住我，我抱住阿猜。她跟我母亲一个岁数。庄敬楼二楼的老工友，退休整整已有十个年头了。中午，我们站着聊了一个多小时，几位年轻老师不晓得我眼前这位阿嬷是何等人物，看我和她手舞足蹈、口沫横飞的劲儿，该十分纳闷。

他们不懂，那不重要。她的生存能力十分强大。

一九八四年八月来建中，她是我认识的第一位建中人。我的座位被安排在庄敬楼二楼大办公室的偏远角落，位置紧临着阿猜的独立办公桌，我帮她接了很多电话。

因此很快就认识全校的师长，我和她成了忘年之交。

她也告诉我很多的规矩，很多的秘事——

“这里的老师绝大部分是主任出身，你要有礼貌喔。”

“这里的老师很多都是从大陆来的，都是很有家学的。”

“这里的老师只要把书教好就没事了，但学生很挑。”

“这里的老师要懂得尊重学生，学校非常自由民主。”

老夫很快就进入状态！

“你今年几岁？”

“阿猜给你猜？”

“四十八！”她自信笑着说。

“你好准喔！”天啊！我当年只有二十九。

那个年代初到建中执教的，大多四十来岁。

十八年后，两零零二年那一年，阿猜退休。送别宴中，我再考她：

“阿猜，你猜我几岁？”

“你看起来大概四十五，哈哈哈……”

她就是这么一位聪慧的老嬷嬷。

阿猜不识字，全校两三百个老师的印章，她毫不含糊。我问过她：

“阿猜，您怎么这么厉害，一个字都不认得，建中上上下下那么多个印章，您是怎么辨识的？”

“不会难啦！印章的字比较好认啦！……”她幽默得很。

有一天她帮我泡一杯花茶，跟我聊了起来：

当年学校要把我放到现在的庄敬楼二楼，我阿猜哭了三天三夜。阿猜我不识字，全世界的人都知道，主任说要我历练历练，不能永远只是送公文跑上跑下。他不是要欺负我，可是到二楼面对的是所有老师，每一个人都有来头，一个个都是响当当的名师，一些文书作业我怎么办？以前只消把公文从教务处送到总务处，不用脑都行，现在怎么办？

“你怎么办？”

哭完我就想，靠天公疼憨人，这样是不够的，天公应该最疼诚恳的人，咱要做给人家看，不能摇尾乞怜，求人家同情。

我就每天五点多到校，把每一个桌子都擦得干干净净，七点多老师们看到我时，我已经满身是汗。喝茶的老师我给他泡茶，喝开水的我给他递开水，看能不能感动老师。原来老师不是我阿猜想得那么威严，这二十几年大家对我比谁都要好。不识字没关系，要懂得人情义理，我阿猜真感恩。

阿猜不邀功，男男女女都打从心底称她：地下校长。
阿猜不恃宠，上上下下都乐意买她的账：有求必应。

有一年她的幺女考进了我好友担任高阶的公司。我面告公司总经理，这女孩的妈十分了不起。友人悃悃悬悬地说，这质朴的新手非常卖力。公司一待就是十五年，职位一步一步往上升。

今天阿猜握着我的手，讲到激动处老眼红眶。阿猜说：“多谢你给我女儿痛疼，多谢林老师。”老夫说：“我没关任何说，都是她给自己牵成。”

目不识丁的阿猜，栽培了几个博士孩子，留学的留学，教授的教授，一下子全翻了身。一个干了三十余年的女工，最讲求知书达礼。乖巧的乖巧，智慧的智慧，一家子光耀门楣。

“我阿猜没读书，但是我教咱子要做个谦卑的人、有用的人、有口碑的人。”

“你一直没告诉我，印章是怎么记起来的？”我心里恭敬地注视她。

“我怎么记得起来？哭出办法的！我不是要大家全部改成木头章吗？每一颗章我都画一个头，只有我认识……哈哈哈……”

“阿猜，你有够厉害，你最巧！”

那位走起路来摇摇摆摆像个红番鸭的老阿猜，在我眼前笑呵呵地离去，熟悉地右手往天一挥。老夫戏谑地说：“阿猜，这次走路像天鹅喔！”

阿猜傻笑地答：“丫丫就是丫丫，讲得那么好听。”

她的背影像极宜兰老家的母亲。我忘了再抱她一次……

听着咳咳的笑声，看着摇摆的身躯，我给阿猜下了注脚：

如果，只能做一片叶子，不必妄想造一片森林

可是，一片叶子一声铿锵，也能是伟大的归宿

骤雨不歇，晚出的噩耗，穿雨入耳，最难过的是想到一个人——石厚高老师。一位数学老师走了。学生一代传一代，大家知道他上通天文、下知地理，上他的数学课，文学、史学、哲学、科学、玄学，什么内容都让学生听得入神。他为理想在建中度过晚年，最后，他在书店看书倒下，从此没有醒来。

跟他共事那么几年，竟然没跟这位数学大师讲过几次话。他有腿疾，不良于行，手握钝重的拐杖，一跛一跛地走。反复不断的儒师身影，竟是我日积月累对他唯一的记忆。

《数学传播》月刊，期期有他的文章，细说中华数算史。语文科以外的学科，中文学养丰赡的建中老师比比皆是，数他最特殊突出，《历史月刊》也经常可以看到他的文章。从明清的数算到近代数学大家，他如数家珍。逻辑能力可以从数学鉴别，也可以从语文的表达力窥知。语文跟数学在建中讲台上，他自搭自唱，唱起了逻辑力。

这位出身建中初中部、高中部，最后定居建中的数学家。除了是建中老教员，当年也在东吴大学化学系兼过很长的课。亲切聆听他的教诲，竟然是退休多年以后，他刻意找我。有一天在三楼上课，霍然乍现石老师拄着杖立在门外。

“你的《易经笔记》我看懂了，证明你真懂。接着写……接着写……”

“林老师，这是我从福建带回来的田黄石，送你。”

天啊！我何德何能？让敬畏的偶像意外赠物。没想到，《建中学报》连写十八年，竟开展出我俩浓浓的情谊。

这一期有没有登出遗作，我尚未得知，也没去闻问。只是听到他走了，走得意外，也按照他的方式走了。这位一生嗜读书如命、杏香盈盈的前辈，走得离奇。听说他正在书店专注阅览的兴头上，喊一声好痛，就没了。

我跟他不熟，映眼的，只有他那一拐一拐威严的身影。

我跟他很熟，深邃的，他那一双鼓舞了我的慈蔼眼神。

记得他退休前三月，我送他一支笔，上镌“算数学天地，游人文江湖”。难得一张沧桑的老脸，他笑纹纹地握我的手，连呼谢谢。有一天，上完第八节课，石老师在夕阳圆红绚烂的傍晚，约我去吃建中牛肉面。他是老建中人，习惯了这里的一切，他也习惯吃那种“有汤没有肉”的牛肉面。“老张，各加一个卤蛋，三块豆腐干。”他吆喝着。带着几分自信，边搓筷子边说，我洗耳恭听，听老驼客说传承：

小老弟啊，我是非常纯的建中人，我在这里从青春到老。在我们年轻的时候，“建中没落了！”就有人这么喊了。听了几十年下来，建中一直也都是这个样子，建中还是建中，红楼依然是红楼，兴亡盛衰都不到，这里是个自在的王国。再不了几天我就届龄退休了，你还年轻，这里的日子还有得过。对这些狂傲青年要有信心，要拿出本事让他们服你；不能照本宣科，不能打马虎仗。我们认真教，他们也认真听。他们是第一流的学子，我们得要问问自己是不是第一流的老师。批评建中才子很容易，让他们佩服很难。想搞定他们，要拿出真本事，我没一天在讲台打混过！

“谨遵教诲！”

“你说个什么嘛！教他们做人学，教他们领袖学，教他们智慧学，才是正道，才是王道。想在建中教好书，什么都要下功夫。后浪会推前浪，不要让建中才子瞧不起。”怎么有这样以天下为己任的师长？

晚阳渐落，他拄着拐杖，一长一短的脚缓缓走出校门。他一丝不苟的勉语，是鼓励也是警惕。他正以这种热情，收拾天边的余晖，挥了挥手，转眼不见。

已经想不起什么原由，在他荣退时，我竟斗胆在《教师会讯》为他写赠别之文。睹文思人，不胜感慨之至！那一跛一跛的坚毅，十分永恒。我会记住您！

做一个老师，就要像您这个样子——石厚高老师

红楼百年，斑驳是她的骄傲
我们得要用心地捕捉，才能领会她的魁梧与苍凉
厚高先生，敬业是您的本色
我们只要随意地联想，就能感受您的敦厚与清高
常常见到这么一幕幕的风景——
长廊边／拄着一把铁杖／每一个步履／都是您踏实的鞭策
讲台上／握着一支笔杆／每一个定理／都是您生命的飞跃
指数／对数／三角函数／数不清您数理科学的耕耘与收获
椭圆／抛物线／双曲线／画不尽您文史哲学的浪漫与风流
粉笔放下担子——红楼才子感觉得到您独门传承的重量
黑板洗尽铅华——建中后学已经记住您翩翩风采的公式
我们要大声地说：
厚高先生／做一个老师／就要像您这个样子

如果你读过刘姥姥进大观园，就很容易捕捉得到阿猜鲜明的画面。你就能领略这位不识之无却通达人情世故，没受过教育却圆融、友善、智慧的老妪历练的生存哲学。她以真诚感动代替奉承示好，好有分量、好结实、好母性、好懿德的工友。诚恳是她圆融的深厚底蕴，亲切是真挚的强大魅力。书读多了，如果多的是伪善，书读高了，如果高的是巧诈，这就白读了。阿猜没读书，却像个巨人。

如果你喜欢读黄土高原来的侠客，那铁铮铮的汉子，那虬髯髯的义士，那黄扑扑的风霜，一手拄着沉甸甸的铁杖，一手执着雪白白的粉棍，石老师就是温文尔雅的儒者，也是铁汉柔情的侠士。教数学也教人生，说天文也说地理，指数对数中更黏紧了历史的得失，三角函数也涵蕴人文的教化，这就是他的春风化雨。一生就这样一阶一阶地走向典型。

尊严是自己给的，典范是别人封的。看到一个人，想到一个人，一位是工友，一位是老师，他俩都从自己的位置走出了生存的极致。

报告师长

师长严整的脸色，先赭红——转铁青——后贫白。

尘封多少年，那段部队阿兵哥的生涯，因着师长之子又“风云起，山河动”起来。

十几年前，高二开学第二天，师长来了，他身着便装，未见星星挂在肩膀发光。主任教官毕恭毕敬亲自奉茶陪着说话，其他教官们也环伺左右，阶级在发酵。

那一年，要不是动员教召兵出了人命，威风八面的师长早就干上军团司令了！天运难违，转进台北寻个总教官取暖，一上一下，云泥之别，真为他叫屈呢！

窗外的教官，侧着身子，暧昧地跟我挥挥手。张姓辅导教

官很当一回事，急匆匆咬我耳朵。

“你班上鲁友直的老爸，是不是大学总教官？”

“这个班我刚接，他是圆是扁，我哪会知道啊？”

“我翻了资料，他高一犯错累累，问题很大耶！”

“有什么关系？老夫是猫，老鼠再多都不怕。”

“他父亲想拜访你！主教请你去教官室，劳驾……”

打了钟，从正谊楼三楼直奔训导处。椰叶不丰，一排大王椰子干干瘪瘪。下午操场的风飞沙，一阵起一阵落。边走边瞎猜是谁来这个官场礼数。

建中向来天不怕地不怕，一切照规矩走！高一新生编班，就是按照公布名单，一二三四五六，一个挨一个排下来。任你什么来头都一样，公开排班序。管你是什么大官全都使不上力！究竟是何方神圣？难不成带了枪炮来？

再大咖也比不上当年戒严时的经国先生吧？听说当年长孙违反校规，建中照样办。经国先生到校一鞠躬，向贺校长表示歉意。这便是建中之所以为建中，傲节、狷介、坚持。

红楼的骨头，是一开始就硬起来的！因此，我往心里纳闷，建中什么时候吃这一套了？

一脚踏入学生心目中的“衙门”。天啊！那人好面熟……是了是了，他是当兵时的老长官，服预官役时，他记了我好几次过。站在旁边的应该就是将军夫人。

高犷犷的铁架身，利晃晃的眼刀子，瘦削削的凸颧骨，直耿耿的长手肘。师长在教训人的时候总是这个样儿，师长在肯定人的时候也是这个样儿。

“这是二年八班导师林老师。”

“他们是你班上鲁友直的家长，鲁将军、鲁夫人。”主教介绍完毕。

“我知道。”他一定不了解我这句话的意思。

鲁将军示意要跟我单独密谈，我们三人进入小房间。对建中学生来说，这里是个十分神秘的小密室。自白书、悔过书、家长协调会、学生两造对质，最后的定夺都在这里完成，就像签订雅尔塔密约一样。我走在最前面，鲁夫人最后。

他的眼神矍铄，自信刚正，气势过人，不减将军本色。言谈指麾，跟当年在司令台大集合场讲话的凛然威武一个样。

“林老师，我孩子高一很糟糕，功课跟不上……”鲁妈先开口。

“只要肯读，慢慢就跟上了，您先不要慌。”

“这是小事，嗯……”喔？那还有什么大事？我心里想。

“我孩子，叫鲁友直，去年被记了几次过……”鲁将军说。

“今天才开学第二天，学生资料还没到我手上。”

“孩子的妈都没告诉我。听说可以销过，有这回事？”

“有这回事！贵公子的事，我还没进入状况，我会深入了解。”

“他就是不听话，如果在军中，我早送进禁闭室，太可恶了！”

“鲁爸爸，不要动怒，这个年纪都是这样子。”

“我治军非常严格，没想到自己的孩子却管不好。”

“我知道。”他一定不了解我这句话的意思。

“听说能不能销过都看导师的决定，老师您一定要帮帮忙！”鲁妈渴望、心焦。

“这不用帮忙，校规都有规定，可以可以，不难不难。”

“我是说，他应该会继续犯错，我的孩子我知道。”鲁妈一脸无奈。

“请老师区隔犯错和销过，这两件事能分开看……”鲁将军帮我顺了顺逻辑。

“会的！会的！建中是自由民主的学校，放心。只要他表现好，观察时间满了，过就可以销了。”

“谢谢老师，万一因为德行毕不了业，我实在丢不起这个脸！”

一向英武警敏的师长，声音迟疑，悄悄变成沮丧的父亲。

气氛冷窒，那是老父的慈颜。思索片刻，老夫脱口而出。

“师长好！”我说出口，浅浅一笑。

“哦，你知道我干过师长喔？那是从前的事了……”

他先是吃惊，接着，一直紧蹙的眉头展开了。

“我服预官役时，您是我的师长！”

“真的？那太好了！那太好了！”师长开口笑，笑出了自信。

“你是哪一期哪一旅的？”

“师长说旅会不会泄密？要说部队番号吗？”

“不会不会……”

“二十八期，陆洞拐旅。”

“哦，那不是我们成功师编制内的番号，是别的单位来支援的。”

“对！我嘉义报到，连夜就拨过去了。”

“那我孩子真的可以放心交给你了！哈哈……”

“放心放心，其实他到建中哪个班都可以——放心。”

“我孩子的过，就麻烦你了，不要留纪录……”

“有关系吗？师长！”

“留下纪录，我们会担心，怕会影响他的未来。”

“真的吗？当年传说预官记过不能出国……”没等我说完，他抢着说。

“……总是不好，我这一趟总算没白来。”

“师长，我在部队里被记了不少过呢！”

“后来呢？”

“退役时，我以最优秀预官接受了您的表扬！”

“没想到陆洞拐这么严格！印象中不是这样呢。”

“师长好，不瞒您说，我都是栽在您手上呢！”我诚恳中带一点戏谑。

师长严整的脸色，先赭红——转铁青——后贫白。

我步二营兵器连辅导长，卸下戎装，数了数，记了七次过。记得当时，我的连队早上跑步，有两个班长偷懒没跑，连长轮休不在，我当家，记过一次。连上安全士官打瞌睡，师长半夜查哨，在中山室前怒斥，记过一次。连上值星班长，上野外课，私闯干河沟摘野生芭乐，又一次过。连上军械士兵站弹药库勤务没带枪，师长又记一次。连上班长半夜翻墙去学田村喝酒违纪，再记一次过。

“受委屈了没？我怎么都没印象呢？继续说………”

“师长，我真的印象深刻，不委屈，我情愿如此。”

我为旅部立了大功，两次大功给人，我觉得不需要，和营长商量后，给连长。连上这些事都是后面发生的，师本部的奖惩需转支援单位，还好有陆洞拐旅缓冲。旅长知道我连上的实情，爱护我，建议取消惩处。旅长下令旅部参一免惩，记过单自动失效，我的教育班长们与上兵也都没关禁闭。陆洞拐在成功岭表现不出色，但都带住心哪。

“干你什么事？干么记你过？你又不是连长？士官兵关禁闭，不然送军法就好了。跟你……？我真的会记你过？你政战系统，我不会吧……”

“都是连长不在时出的事，我一级代理要有肩膀！我一肩挑下，班长就不用进禁闭室一周。我承担，站弹药库的兵就不用军法从事。其实都是师长您严峻厉斥下要求查办的。师长您还狠狠骂过我们部队长好几次……说陆洞拐是什么部队？简直是乌合之众。但这样训斥是对的，换作我也会这么做。”

“那真不好意思，你们一定很恼怒、很生气。我治军太严格……我内人也常这样讲我……”

“哪是？应该的。那里是军营，军令如山。”

“你这么讲，我怎么好意思再让你销我孩子的过……”

“这里是学校，我们讲的是教育，有教无类。照规矩来，会的会的。”

送师长到门口，我补了一段自己浑球荒诞的事。

有一次一大早，连长又不在，我睡我的大头觉，没起来吃早点。您开着吉普车到我连上巡视，兵临城下，外头已经天下大乱，我浑然不知，师长您敲我的门。我以为是连上那两个我专属的新兵——黑无常和白无常，叫我这个长官吃饭。门敲个不停，我怎么都没想到是师长您敲的。我连说了两句"滚进来！"您没回应，我大胆接着大喊："滚进来，你听懂没听懂？"……没听到回应，倒是听到有人破门而入。我心知不祥，缓缓睁眼一瞅，瞥见星光闪闪，我一骨碌儿从床上跳下来，双腿觳觫不已。师长您说："你真作威作福啊……你是军阀呀……"我的脸色想必羞得像猪肝一样，那一次被您记了两次过，那是该记的，而且应该加倍才对！真是太混蛋了，谢谢师长轻轻放下，您有不忍人之心啊，不过旅长都挡了下来……

"喔，那件事我记起来了，是你喔！你的单位在司令台左侧篮球场第一栋嘛……哈哈哈……"他笑得干苦，笑得尴尬。

"你还真的是伤痕累累。"

"师长您还真的是……会记人家的过。"我愉快地说，痛快地笑了。"可是后来七次都不见了，师长！哈哈哈……"

“林老师，你就公事公办吧！我一时糊涂，刚我说的都不算数。”

师长不起眼的私用轿车，驶出建中大门。幻想那英挺威武的吉普车，仿佛从成功岭开到南海路口。没有尘土飞扬，没有角弓的将军，轻轻悄悄走了。成功岭的印记，在我记忆的深处唱入云霄……高啸……“军旗在飞扬，声威豪壮，我们在成功岭上。”“铁的纪律使我们锻炼成钢。”“爱的教育给我们心灵滋养。”

《成功岭之歌》，我足足唱了十四个月。

师长我忘了告诉你。我家大犬是你孩子的学长。因为一次警告没销，他领不到建中特别贡献奖。我儿子说错了就是错了，打从心里销掉才有用。我军中的七次过销了，他红楼的一次警告留下。

我儿子比我光明磊落多了。

记了七次过，我感受到自己坚硬的肩膀，也看到自己柔情似水的关爱；代替部属受惩，我感觉到长官的包容。记了七次过，我学会了旅长的带兵之道；没有师长的严惩，我不会有今天的脱胎换骨。记了七次过，我学会怎么带学生做人做事；记了七次过，我们兵器连的上上下下情同手足呢！

士官兵触犯军纪上的严重错误，在不违法的范围内，关禁闭是正常也是合理的，主管顶多刮一顿脸。可是“禁闭室”是人人望而怯步的肉体严惩，谁都怕被送进去，关一周好比一年。事情可大可小，师长看到我们基层部队散漫，要求新兵结训后，这些人统统送禁闭，严施铁腕。站在部队长管理的立场而言，这谈不上什么瑕疵。

我一个人担下来，反对给他们关禁闭，一方面是自己角色扮演的困难，唱黑脸的老连长不管事，唱白脸的辅导长就很难做事。另一方面是从袍泽之情来考量，机会教育还是可以先于军法从事。一次一次记过，委屈只能往心里吞，我受了委屈，反而激励了士气。一连串出事都是在连长休假期间，主官不在，应该算我的，推卸是孬种。惩罚的目的是要他们改过，替部属承当，看似倒大霉，其实正是一个团队凝聚的开始。

后来，鲁将军来电话，很严正地再度告诉我："该怎么干就怎么干，不要手软。"

师长的样子又回来了——高犷犷的铁架身，利晃晃的眼刀子，瘦削削的凸颧骨，直耿耿的长手肘。

三　学生活的趣味

老大办案

不用告诉我，你是谁。相信人性善良的那一面，相信宽恕的可歌可泣。

在重庆南路和南海路转角，还有“民众活动中心”的年代，各式早餐店很多，我喜欢在进校园之前先在这里吃早餐。其中有一家豆浆店生意特别好，那家店的烧饼油条很像样，豆浆能煮出该有的淡淡焦味，但公认最吸引人的是谦恭有礼的老板。他总站在门口右侧，很精准亲切地呼出对方的身份，“头家头家，来来来。董仔董仔，请坐请坐。”礼貌到家，人又文质彬彬，吃早餐多了一份人情味。

可是当他锐利的双眼瞠视着我，上下打量后，二话不说：“大仔大仔（老大老大），内底（里面）坐。”他嘴角浅笑，很自信的反应，并且特别殷勤地拉张椅子让我坐。店里男女老少各类人等都很好奇，转头争看，学生们更是目不转睛睥睨着我。我只是理个三分头，就成了凶神恶煞，十分苦恼，被礼貌性地称呼三次“大仔大仔”之后，我就没在那一带吃早点了。太礼貌，反而失去了我这位好邻居、好主顾。人生很不容易。

那一年老夫的绰号叫“老大”，是建中三十年绰号率最高的一个，还有更惨的“黑道”“歹看面仔”，至于“进哥”“阿进兄”是成为半百老翁以后的优惠。连某老校长都“林老大”这么亲切地称呼我，没办法。努力三十余年，好形象建立不起来。

“老师，我的随身听被偷了。”

上完体育课后，班上有人掉了很昂贵的随身听。他很沮丧，也很抱怨。建中为什么会这样？他说是阿嬷从美国带回来给他的生日礼物。那时候随身听刚问世，是年轻人最时髦的象征。

根据柯南办案的手法，老夫作了以下记录：

一、前后门上锁，门窗紧闭。

二、其他同学未丢贵重物品。

三、全班未被洗劫。

结论：单纯偷窃事件。

教官勘察现场，同学们议论纷纷。班会像批斗大会，疑内贼所为。没有目击者，也没有任何线索。无蛛丝马迹，看不出谁涉重嫌。班长十分愧疚，公开表示请辞。

风纪股长严厉斥责值日生未留在教室。

班长、风纪要求全班搜查、搜身，我反对。

有人建议针对行为偏差同学查案，我反对。

还有人建议全面查缉，揪出元凶，我反对。

第二天的语文课，我告诉班上同学为人的价值，希望同学归还随身听，放在老夫的办公桌，但没有结果。这位同学还没有准备好，或者根本是外人所为。我这么想。

回到家，我想起自己的童年往事。

小时候，我三星乡下老家，双贤村站牌边，是阿母开的柑仔店。

南北什货杂七杂八什么都卖，尪仔标、弹珠、陀螺，古早童玩应有尽有，也卖囝仔爱吃的金柑仔糖、金枣蜜饯、凤梨干、虾饼、牛奶糖，就是没有卖橘红色的汽水条。每次看到别的同学含着长长的汽水条上学，心里头就羡慕得要死，好想吃。

有一天——

在没有征得父母的同意下，我打开钱屉，拿了一毛钱。到离家不远的另一家铺子，买了一条汽水条，咬开它。

第一次享受偷偷摸摸的滋味。一口一口吸吮，哇！啧啧啧！人间美味，闭着眼，慢慢吸，好销魂的橘子味汽水条。

妈妈获得情资，骑着孔明车，沿着碎石路，她单骑驰下，像王朝马汉冲出衙门拿人，尘土飞扬，载货的脚踏车笨重老迈，“歪嗯、歪嗯、歪嗯……”很容易辨识。从老远就听到老母气急吁吁的激喘声。我伫立原地，转过身，老式的煞车皮，“嘎嘎嘎”连轧数声，活像探照灯直射着我，无处可躲，老夫是现行犯。嘴巴含着汽水条，愣在路边。这是人赃俱获，罪证确凿啊！我头垂了下来，下巴贴到胸骨，一对黑眼眸以最细的眼缝窥视严峻的阿母。

母子对看一会儿，等待的巴掌没有迸落。“扑通扑通”，我心跳失律，心悸慌乱，紧张的形势不断升高。喘声甫定，妈妈一只手扶车，一只手从口袋掏钱，给了我金晃晃的五角，说给我买健素糖。

“这个东西不好，所以我们家不卖。”

“来，给我！”阿母嘴角上扬，头往上，慈祥地微动了一下。

她一手拿铜板，我一手交汽水条。阿母摸摸我的大头，说紧去学校。

那年我上小学一年级，我边走边想边啜泣。我确定自己是小偷，偷一角也是偷。这是我内心的第一个污点，我清楚。

第三天上课，我说了这一段故事，证明老夫也犯过类似的错。如果真是同学一时好奇，拿走随身听，请放在老师抽屉。偷回家是无知，送回来是无畏。但，还是没有下文。老大我办案比不上柯南大探长，很懊恼。

第四天早自习，我说真的没人送回，老师今天就去买随身听，送给失窃的同学。受害者同学站起来讲话，说找不到就算了，老师千万不要买，这是我自己的疏忽，是我不对。老师不要啦！

下午五点半，办公室空无一人，工友阿猜要回家了，依然没有下文。晚上我到知名家电，买了一台一模一样的随身听，六千元有找。自己无能。

第五天一早，亮出随身听，当着全班面前说：

“今天放学前，有人送回，它是我的。没人送回，它是某某人的。”

全班寂然无声，走下讲台，那一步竟然如震天如撼地，同学们眼神全呆了。我已经有点沮丧，心想机会十分渺茫，我把事搞砸了，愈弄愈大。

周一一大早，我拉开从不上锁的抽屉，一个随身听赫然出现在眼前，白色真的很抢眼。我拿着两个随身听，兴奋地告诉全班，这一个是某某的，这一个是老师的。记住这一刻，我们给他最热烈的掌声。

……

我一直不晓得这位同学是谁，也没追查。十几年过去，我仍然不知道他是谁。是谁不重要——他有了同学给的力量，他有了自己给的新生。

不用告诉我，你是谁。我相信人性善良的那一面，相信宽恕的可歌可泣。

谢谢这位同学。

谢谢我的老母，

还有汽水条。

（本文发表于《幼狮文艺》七三五期，二〇一五年三月号）

教育有很多种药方子，孟子曰："君子之所以教者五：有如时雨化之者，有成德者，有达财者，有答问者，有私淑艾者。此五者，君子之所以教也。"时代不一样，方法种类更是多元多样，只要是从人性出发，只要是止于至善，都是好方法，有用就需要，需要就有用。

从教育的大方向看，在私德有亏的劣行中，校规昭昭，条文明白，照章处理，是一条简便的路。现在流行学务、教务、辅导三合一，大步向前走立意良善的销过办法，是不是让学生在行为的觉醒中彻底改过迁善，考验着教官、导师、辅导老师的共同智慧。记的过销了，爱校服务了，然后呢？教育的过程和结果，都不是省油的灯。"遏恶"与"隐恶"之间，如果目的都是扬善，抓准顺时守中、因势利导、唯变所适就变得很重要了。

教育是缓化的过程，"缓"是功夫，"缓"需要耐心，"缓"更需要智慧。好比酿酱油一样，得要慢慢来，好酱油要有完整的发酵过程。要把人当好人来对待，不要急着把人当坏人来检视，这是教育本质的认知核心。如果每个人都有自我救赎的潜在本能，我们要如何让教育真正发挥春风化雨的大能呢？

牵　手

谢老师，我很想知道，当年是我牵了你的手，还是你牵了我的手……

老夫的姻缘，靠一场笔灾赢取，这时候要说因灾得福。就当作千里姻缘一线牵吧，这个版本才比较不会惹事。但背后有一段荒唐随便的不良习性，必须说给后辈晚生听。看官们！该说的话不能省，不该说的话千万不要膨风。老夫爱说话、瞎吹胡扯，自己把自己的汽球搞大了。

前些个日子，我家大内高手老婆大人的师专同学来访。一群不算老的老女人兜在一起，天南地北，话题劲爆火辣，火势很快就烧到老夫身上，她们对我们这一对完全不同世界的老夫老妇很感兴趣。老了爱说笑，这一段天上掉下来的姻缘，回忆很苦，记忆很伤，失忆没人同情会更惨，说吧！

老夫预官没退伍就跟文定牵手，所有的朋友全不相信，这个故事有点荒凉也有点凄凉，您得添衣才不会畏寒。那一年老夫官拜少尉，兵器连辅导长，满作威作福的。头戴绿帽，身披野战服，看着班长、排长吆喝着大头兵雄壮威武。

“风云起，山河动，黄埔建军声势雄，革命壮士矢精忠。金戈铁马，百战沙场，安内攘外作先锋，纵横沙场……”是每天早上的黑咖啡，听完精神就来了。

“我爱中华，我爱中华，文化悠久，物博地大。开国五千年，五族共一家，中华儿女最伟大。为民族，为国家……”是每天晚上的催眠曲，唱完眼神就馁了。

数馒头的日子，很容易麻醉，也无聊得很，慌极。这种“革命军人”一成不变的岁月，养尊处优，官位不大，官威不小，最容易腐败。

人生的大起大落，往往缘于小事的因缘际会。人生的悲欢离合，全不是照着人生的章法走。不要不信邪，一失足就是千古……嗯一大步。事情总是从有一天开始的。有一天……

有一天，不知是为了啥事，老夫给我表姊写了一封信。表姊家当时算清苦，出身寒微，立志当小学老师。当时写了两行字，要说的话写完了，虽然交代完毕，但这么短像话吗？我堂堂中文系出身，经史子集书皮儿看过不少，怎么可以区区两行就草草封书，这颇有愧于屋漏，也对不起往圣前贤、诸子百家。不晓得哪根筋打结了，就为了一纸八行书不要太寒酸，便随笔瞎扯，请表姊介绍个气质高雅、贤淑文静的同事给我认识认识。我洋洋洒洒，纚纚如贯珠，像个饱读诗书的文人。

我继续干我的军旅生涯，一年十个月的充员仔兵。没想到小学老师都一丝不苟，受人之托，忠人之事。

“阿明，就定在你放假的那一天晚上，好不好？”

“哦哦……”

“那一张我们全校合照的照片，她叫谢老师，是左边数过来第三排第六个。”

“哦哦……”

时间：六十八年七月某日晚上　幺八洞洞

地点：重庆南路一段“美加美西餐厅”（现在没了）

人数：三大一小

我在六楼的西餐厅等了一个半小时，未见芳踪。那个年代没有手机这等宝贝，心想一场惊魂将定。没想到世事难料，表姊带着后来睡在我身边三十余年的女生上楼了。抱着表姊胖嘟嘟小女孩的她，形象好，香汗淋漓。第一眼瞅她，真的是善良贤德，个儿稍小。晚餐很快就吃完了，结束后，老夫如释重负。交换电话，准备回家。

没想到吃完丰盛的西餐，事情还没了，我那位可爱、可亲、可敬、可佩的表姊老师继续出招！亲情骨肉全不当一回事，她倒很关心她的同事关系。下楼的转角，她轻声细语跟我咬耳朵，十足媒人婆的模样。

“不管喜不喜欢，你一定要再请她一次，这是礼貌。”

“这我知道，这我知道……我会的，我会的。”

为了天上掉下来的第二次天灾，我标会，埋单。那年西门町有一家“神仙窝西餐厅”，她指定这一家。一上楼，气氛好到不行，直觉太浪漫，尾大不掉，我心知不妙，这出戏愈演愈烈。第二次认真看她，她长得温顺，又有点可爱，肤如凝脂，我好像快晕船了。这一盘棋要小心下，回家得要好好沙盘推演推演。

又过了一段“一二一”“唱歌答数”的带兵岁月，那个年代

新训中心，假很少。执干戈以卫社稷，难得放假，很久没回宜兰省亲。这次应该先缓一缓，“事缓则圆”，老祖宗说得对极。放三天的梯次假，我打算直奔台北，再搭金马号回老家。换便服下山，走出观光基地，“成功岭”红咚咚三个大字，好抖擞。

演练多次，将心一横，在电话这一头，老夫从容不迫地吐出绅士之计。

“这一次假期，不能请您吃饭，我要回宜兰老家呢！以后有机会约我表姊一块儿，再请您赏光！”

“没关系，”听她这么一说，忽然觉得良心不安。

“没关系，我可以一起去啊！”怎会这样？

我心一怔。怎办？飞蛾敢扑火，谁怕谁！此时说不，可不像个男子汉。

“真的喔！那太好了，我在台北车站等您啰。”这是我说的人话，心一横，大丈夫必须付出的代价。

像古代的君子人，返乡离乡，我都把她保护得很好。封闭的乡村，像桃花源一样，发现一个陌生的女子。庄脚小所在（乡下地方），只要生人入境，很快就传遍邻里村墟。连野猫野狗都知道老夫带了一位戴眼镜的女生回家，显然这是一件大事，只是老夫反应迟钝，不当回事。不但带回家，居然又过夜，在村子人的眼里，这就是认了人家。

我回我的部队，她当她的老师，日子过得与以前一般无二。有一天，我从台中成功岭打电话向先父问安，没想到老爸一本正经地说：

“下次回来，该给人家提亲。”我的天啊！虾米？

“我们才见几次面，笑死人了。阿爸，我们什么事都没有发生咧。”

“发生就来不及了，我们要给人家交代！厝边头尾大家都看到了，别让人讲闲仔话！”

“妹妹她睡中间，我们名节守两边呢。”

“困落去，就没法度啊啦！人家会笑啦！”

“成功岭”这名字很糟糕，做什么事都很成功。我故作镇定打个电话给谢老师，请她帮忙缓颊。结婚乃人生一大事，岂可儿戏，这种事怎能被出卖？

“我爸笑死人，说要我表姊准备去跟你提亲……阿爸乡下人不文明，别跟他们一般见识。谢谢你陪我回宜兰老家，家人不会招待……下次放假还要再等很久，那以后再见了……”

“你已经牵了我的手，难道可以这样就算了吗……伯父打过电话给我，我说饼一八五个，掬水轩就好……”

大地一声雷，晴天霹雳响，震耳欲聋，我的妈呀。

天啊！真是天赐良缘。我上辈子一定是烧了好香……就这样，我成了一个女人的丈夫。没谈过恋爱……的确有牵手，这一点我承认，但到底是谁牵谁的手？老夫可想了三十几年，想着想着想不到真正的答案。后来就慢慢老了，老了就忘了该继续想这件婚姻大事。

小孙女出生的那一夜，喜上心头，心血来潮，我问了她放在老夫心里头三十几年的悬案。

“谢老师，我很想知道，当年是我牵了你的手，还是你牵了我的手……”

“烦耶，我忘记了啦，我不知道啦，三更半夜的……无聊……”

贤淑温良的牵手转过身去，很快就打呼了，我猛然发现——

枕边躺着一个叫做阿嬷的女人，她是天上掉下来的家后。

笔灾事件得到一个教训：信不能乱写，话不能乱说，说了，一言既出驷马难追，就要算数；手不能乱牵，牵了，一线就是千里，牢牢套住。但是看对眼的，见好就要牵，幸福掌握在自己手里。当然，上苍冥冥中的美丽安排也不必逃遁，天意是最上乘的媒合。缘定三生，乾坤定矣，就要好好珍惜。

那位临事缩惧、躺在老夫身边三十多年的女人，一向胆小如鼠。我这条叱咤风云见过大风大浪的铁汉，一直胆大包天。不要太相信自己，命乎？运乎？胆儿大的都输她胆儿小的，小虾米总是吞下大鲨鱼。糊涂一世的胜过聪明一生的，难得精明一回就猪羊变色了。

两行字篇幅是写少了一些。多写多错，少写少错。一辈子恩典都是她一句话！不说没错，说了全对。“你已经牵了我的手，难道可以这样就算了吗……”我建中一叟，是个很土的小糟老头儿，肯定是末代媒妁之言的男人，好不害臊说了这一段冏事，没有绚丽的爱情，却也平平淡淡地走上白头之路。原来，幸福不需要花俏，也没有规定要惊天动地，寻常人家有的我们都有，那就是福气了。相敬如宾，是最美丽的距离，以真诚的心执子之手，就能顺利平安地白头到老。只要相知相惜，媒妁之言并不丢脸。

回 家

妈妈知道我们要回家，她从容淡定，严峻地催我们回家。

一 老了好想回家

回家，并不容易。

开学前在建中资源大楼五楼开校务会议，不觉然乍见“梦红楼”，楼却惊我一梦，咫尺之遥，竟是我到不了的幽境。红楼小才子们记不记得？“梦红楼”，它是蔡校长任内，开放全校师生命名的新厦。

记得，蔡校长在开放命名活动之前先暖暖身，举了一个“更上一层楼”的巧妙楼名，引起动机。说巧不巧，第二天下午，我回宜兰演讲，一到初中，顺着一排木棉花看过去——“更上一层楼”，赫然矗立眼前。虽然只有两层楼，意思到了，极富雅趣。

几年前衔家乡父老之命，为母校新大楼命名。半年后，三星初中几栋新大楼的名字孵出来了。书法家的字写得漂亮，谁命名就没那么重要了。回家，总是像蜻蜓点水，一天半天，东看看西瞧瞧，转一转，过了瘾就又走了。我不是经常回家的人，浪子的跫音却始终没有停过。

五十岁那一年，我高高兴兴地回家，竟然跌跌撞撞地遗失了家乡。这几十年浪迹天涯，没常常跟家乡握手，太粗心了。那一年老夫足足五十岁，领到半百老翁的证照。到礁溪演讲的前一晚，我潜回三星老宅，给老母摸摸头，在灶边听她说话，顺便偷抚她的手。吃她的烫青菜大餐，当然，还会有一只冤枉死的土鸡。那一年同学生意失败，背着巨债，提着旧皮箱返乡，一无所有，这一夜我该去看他。

约莫晚上八点。我走在田埂上，那是我熟悉的田岸路。插秧、挲草、刈稻、牧牛、抓泥鳅、玩泥巴……一幕幕的童年往事，场景又快又准地浮现在眼前。一样石头砌的短墙，三面丛集的竹仔林，阿水的家到了。一条土狗死命地吠，该就寝的鸡姑娘们全骚动了起来。独宅独院，稻埕中间凸起，那是我学孔明车摔最多次的地方。

昏黄的灯光，微弱斜影。一个跟我十六七岁时一般模样、还穿着制服的年轻人从客厅走了出来，不可思议的从容，影子拖得很长。天黑，背光，他也是一团黑。一个在石墙外，一个在稻埕中，我没走入柴门，黑是天然的隔阂，他没请我客厅坐，这是最陌生的接待。他是阿水的儿子吗？

“请问您找谁？”字正腔圆，想以京片子吓我。

“我找你老爸。”老夫以闽南话回他，回到乡下，我很快恢复成庄脚郎（乡下人）。

“请问您贵姓？”他严加拷问。

“敝姓林。”

“大名呢？”

“我找你老爸。”老夫不想回了。

“对不起，家父不在。”家父不在……给我来这一套。

“那你家母在不在？”啊！话才一出口就知道完了……

“对不起，家母是我说的！”他没放过我，只是不小心说错，他也那么认真。

两个人杠在那里，月光照不出羞颜，他不知道我很难堪。幸亏他不识老夫是教书匠，好佳哉。不然，为了校誉真不知要怎么应变，说成北一女老师行吗？那是夭寿代志。

“您方便留个电话吗？”

“……”我来不及答腔。

“或者请您直接打手机给我爸，他去台北了。”

“谢谢！”我说。

“再见。”他说。

那一线长长的影子，又缩进他家客厅。我的家乡沦陷了，我的家乡被这兔崽子占领了。我踉踉跄跄沿着田间小道驰回，心很慌乱，好几次差点踩空了，滑进水田里。

四五十年前，方圆三公里的“双贤村”，没有人不认识我的。阿母开柑仔店，初、高中后，我放学第一件事，就是送货。那个时候啊！哪一户人家有多少人，养多少条猪，哪一户人家的猫咪跟哪一家的猫咪谈恋爱，我都清楚。

猛然，我才读懂贺知章的《回乡偶书》：

> 少小离家老大回，乡音无改鬓毛衰。
> 儿童相见不相识，笑问客从何处来？

贺知章老先生当年衣锦辞官，心里的想头跟我不同。他碰到的是毛头小子，跟我碰到的大哥哥也不一样。孺童天真可爱，贺老先生他可能有所感慨。顶多是捋着胡子想：“唉呀！岁月如流水。”老夫碰到的却是准知识分子……

“您贵姓？”“敝姓林。”

“大名？”“……”

“家父不在。”“那你家母在不在？”

“家母是我说的……”我抢人家的娘。

“谢谢。”“再见。”

“那你家母在不在？”“家母是我说的……”老夫备感羞愧，真对不起建中。

故乡变他乡，异乡变家乡。

我还想盖个茅屋，养几只鸡，几只鹅，看晨曦，沐夕阳。过一个“三星山前白鹭飞，桃花流水鳜鱼肥”的渔隐晚年。还想“虽无刎颈交，却有忘机友”的梦，这些全碎了。比老夫老的都走了，跟我一样的都在他乡。“小土匪”把我的老人梦毁得一干二净。

怪自己，我把家乡搞丢了……回家，怕是不容易了。

二　老学生看我回家

老弟当阿公了，这是大事，我得来回老家一趟。“雪隧，咱们走！”有老弟可以靠，这一次老夫要放胆回家。衣锦从霓虹灯走来，我要做个疏狂的过客。老夫要游子去、游子回，刚刚毅毅走一回。

几畦白萝卜露出了初结的身形。如玉的白，在绿伞下冉冉窜出。麻子脸刈菜，青菜虫热爱过，有机在高歌。挺立的三星葱，翡翠染身、汉白玉般修长的葱腿，新贵峥嵘。火鸡连珠炮，土喙灰鹅，左摇右摆慌着走。大稻埕的土鸡，抬头目凝悚，惊足声迎啊讶啊。

农田换成梨园，三星上将梨，星光闪闪，不如我的是不知自己是流浪的水果。温带是你的原乡，我清楚知道，这里是我的家。

这一次还要见见隐于三星乡大隐村的建中老学生，头戴乌角巾，潜遁于安农溪畔。我离开我的村墟到台北，我的学生抛却繁华，到头来一身田园。他谑称做我的替身，暗里想去，他也是占领我家乡的元凶之一。

老学生热呵呵拥抱我，惯看秋月春风，他是新熟的乡下人。他垂髫的稚子，在屋檐边自在游戏。眼前是庭除喈喈，黄雀一声嘲一声晰，沿着野姜花道，悠悠驯食。冬天的溪水落剩半尺，鱼池野航，浣女夕照，三三五五笑归语。安农溪水影清澈，成行的白鸭斜斜划游，一簇一簇的翠竹山村，十足的倦鸟迟迟慢飞。这是兰阳平原熟悉的画面，这些曾经都是我们牧童才有的世界，现在拱手让人了。

他说三年红楼岁月；一瓶红露酒，两串番麦，半盅满足。

我喝半生南海风光；三星处女地，百般叮咛，千万心情。

霪雨绵邈，冬雾弥山，相送柴门，月色如昔。老学生于斯开了新疆，老家我又丢了一把泥土。

“大隐村交给你了，现代隐士……”这个村子开始陌生了。

清清喉咙，老夫得这么说：“这一次冬归，有几分英烈。天纵伟才，我克服了胆怯。”还是承认好了，今晚我将无眠。

三　妈妈催我们回家

《心肝宝贝》随身听，催我们回家。雨大，我要赶快回家，回家看阿母。

月娘光光挂天顶／嫦娥置那住／你是阮的掌上明珠／抱着金金看

看你度晬／看你收涎／看你底学行

看你会走／看你出世／相片一大卡

阿母知道我们要回家，她会放下工作，专心等我们回家。我赶着大伙儿赶快回家，回三星老家，葛玛兰载我们一起回家。我掸一掸台北的晶亮，一把憨朴的宜兰腔，先跨入家门。斗笠下深邃的黑面，遮掩了阿母沟深的皱纹，老得很黑。

我那淘气的老妹，为了逗阿母笑，拿我穷开心。

妹妹说：“阿母啊！听说你真会教子，教到做老师呢！”

阿母说：“哪有？恁哥哥足孽耶（很淘气）喔！毋（不）通讲出去。”

妹妹说：“阿母啊！恁三个子，比阮的三个子卡（较）乖喔！”

阿母说："拢同款啦！想起古早恁阿兄伊做囝耶时阵……"

妹妹说："模范母亲啊，讲一些教子的撇步吧！"

店仔珠——我的阿母，欲言又止，神秘窃笑。

伊喔，细汉时有够牛头瘫。爱玩，一出门就昧记返来（忘记回来）；叫伊顾店仔，伊走去放风吹；叫伊担肥，伊走去抓泥鳅；叫伊煮冬瓜茶，伊顾甲鼎焦去（锅子烧焦）；叫伊送货载汽水，伊不担输赢，驶甲跋落圳沟；叫伊不能抢秤头，一分就是一分，一厘就是一厘。伊一粒鸭母蛋，给人加算一角银，看有多见笑……我若要修理伊，伊喔，就走予（互）我逐，又多雷米做肖鬼仔脸，气死人，给我走田岸路，毋就跳到田中央，你看伊多会跑……

我说：若没你按呢教示（教训），我哪有可能变做赛跑选手！

媳妇说：阿母，你宝贝仔子真歹伺候呢！
媳妇说：阿母，你看要按怎制治恁子呢？

阿母说：

没法度啦，嫁鸡随鸡，嫁鸭随鸭。古早就这样了。厝内讲讲耶，唛传出去，官员若知影，伊会被辞头路。嘿足牛耶啦！足歹教示耶啦！恁拢不知啦……那个时阵我天天甲伊打，想讲我阿珠哪会这歹命！子儿是咱心肝头一块肉。教不来唛按怎？只有哭……无打无艰苦，愈打愈怨妒，只有恬恬偷偷仔哭啊……咱打伊，伊喔！一滴目屎都不肯流。咱甲打，伊喔！一声“不敢”都不肯喊。咱一把秀梳仔都打甲断，伊拢未痛。打完了后，哭的犹原是做老母的咱。嘿喔！归身躯都是伤痕，打未惊啦！嘿喔！旧伤未除，新伤不断啦，讲未听啦！讲到阿明，做囝仔，真是无药可医啦！有时阵啊，想讲甲伊剁剁耶给猪母吃……

立在一旁，听老母算我的账，很认真地回到从前。还有很多更孽的历史公案，阿母装傻，并没有掀开。

妹妹说："阿兄，红包紧传过来啦，没生目睭喔……"

妹妹说："花得要插在头前，才不会死得那么难看！"

阿母说："无啦！无啦！不是按呢啦！我不要恁的钱……"

妹妹说："阿嫂，你嫁不对人了。你也没生目睭啊……"

妹妹说："阿嫂，我代表我老爸老母甲恁会失礼啦……"

阿母说："今嘛不会了！今嘛不会了！毋通按呢讲，毋通……"

阿母说："今嘛真有孝啦！厝边头尾拢讴乐有着。真有孝……"

媳妇说："阿母，子教无好就甲伊娶某，会害死人呢！"

媳妇使个眼色说："做人的小姑的，也应该有正义感才对啊！"

媳妇笑纹纹地说："阿母，你一定合八字后，看我真好治，对么？"

阿母说：

今嘛不会了，今嘛不会了。嫁给咱阿明喔，是你抾（拾）到的啦……嫁得好啦……娶到咱阿卿喔，是祖先有灵圣啦……娶得巧啦……

父逝近十年，阿母很久没讲过这么多话。今天阿母的跛脚真利落，没跛那么厉害了。

一桌五六盘的青菜，都是阿母的私房菜，炒的只有蒜头爆香，川烫的只蘸酱油。一扫而光，阿母最欢喜。

阿母望着墙上的老时钟说：

紧返去台北，过两点，雪隧就塞车了，紧返去……——黑鬼仔菜、茄啦、金瓜、葱仔……紧款款耶……到手香记得带，小茴香炒盐喔，还有铁指甲……

车子起动，我们挥挥手，阿母频频点头，心头不安，转身急入屋，旋又一跛一跛跑出，递上一个瓠仔。“犹阁有，这粒这粒，等耶等耶，阿明……阿明……”

阿母焦急地说："要返台北，脚手要恰紧耶，唛按呢趖……"从容淡定，她严峻地催我们回家。东瞧瞧我西望望，忍把旧物且看尽，记忆老家屡屡回首。我吸一吸兰阳的淡泊，一口刚毅的宜兰味，我带回台北。龟山岛最后一眼昂首，雪隧漆黑了，台北的路黑了下来。

《摇婴仔歌》唱在雪隧内，催我们回家。雨大，我要常常回家，回家看阿母。

婴仔婴婴困／一暝大一吋／婴仔婴婴惜／一暝大一尺／摇子日落山／抱子金金看

子是我心肝／惊伊受风寒…………

对华夏民族而言，家是个大天地，她是最大的包围，跑得再远，谁都得是她的俘虏；家也是个小宇宙，她是心灵最小的聚落，住得再苦，谁都得是她的子民。

家，是最初的滥觞，谁都听得懂她涓涓的呼唤；家，是最深的底蕴，谁都读得懂她挚爱的风华；家也是最浓的思念，谁都听得出她殷殷的古意。

家是吸引力的源头，任你是江，滚滚东逝水，流不尽你的悬念；任你是河，浊浊黄流沙，褪不去你的印记；任你是溪，潺潺清凉音，唱不断你的相思情。

所以，回家是旅人几千年来共同的课题。一旦离了家，就有一丝母线在牵引着你。不管你走到天涯海角，每个浪子都跟着家的节奏走。因此，也许你走远了，其实并不远，循着脚印就是回家的路；也许你走累了，其实并不累，翘首望月就是回家的心；也许你走老了，其实并不老，回首来时就是最初的始生。

家，火红红、热炽炽、滚烫烫，是万千游子心底的岩浆。只要点一把依恋，家就是不灭的火种。想家并不丢脸，敢呼喊，流浪者就找得到救赎。江山三千里，乡关指顾间。只要有家可以想，睡不好就回家；只要有人可以哭，忍不了就回家；得什么功名不打紧，家是初始的依靠，不行就回家。

风吹，叶子落了，一声铿锵，回家。

老师，那件事是我干的

邱仔拉开嗓门嘶吼："那些树都是我弄死的，我故意弄死的……"

没放假的教师节活动提早来临。老学生前几天就约吃饭、聚会，一摊接一摊，忙得很开心。今天陆陆续续又来了一批，有一票杀到教室来的，有三三两两，也有单枪匹马的。最让我吃惊的是，最文静的"黑豆仔"宣布了一件骇人听闻的大事。

"老师，当年从庄敬楼顶楼放下长轴白色抗议布条，那是我干的！"

同学笑成一团……

天啊，我的情报系统，原来是个空壳子。怎么会是他呢？怎么会是他呢？

"应该有共犯，一对呢！还有谁？"老夫说。

"老师——老师不要问啦！我们记性很差，都忘了。"

“不知道比知道好啦！”

“黑豆仔是坏学生啦，不要理他啦。”

既然相约不说，就不要问了。很多事不知道真的比知道好。不要强人所难，我学生时代干过的坏事，又何尝说过？今天教师节，写给天上的老师看，希望老师能安心了。老师走的时候，大家都说很安详，我总觉得他死不瞑目呢。黑豆仔讲出来后，好像很痛快的样子。我一直没说，所以老师遗容好像很痛心，在天上应该不用睡觉，择期不如撞期，今晚我招了。看的人自己负责，你明天以后问我，我抵死不承认。

老师，那件事是我干的。

初二下的暑假，我家里刈（割）稻、晒谷子，忙得很。明天要交的柳公权临帖十张，我一个字也没碰。《儿女英雄传》的长篇小说，也还没看完。要抽背的陶潜《闲情赋》，背都没背上一句。这一个礼拜指定的功课一样都没搞定，一定惨。

“林差劲先生，你是故意的喔？不写，你带种。”

“……”

讲跟不讲都是打，我选择缄默，头仰着天，很好汉！从小，我就知道威武不能屈，要赔上一顿毒打。爸爸说这才是男人嘛！

我宁愿挨揍也不说，这是最好的抵抗和反击。我愈不说，他打得愈带劲儿，打得愈凶，老师愈气。做学生最悲哀的快乐，是痛在我身，也痛在老师心上。

老师打人的藤条是我做的，很粗、很有弹性。我的处境很荒谬，和商鞅的下场很像。

抽了三下，老师没占我便宜，一项功课，抽一下。

合情合理——

老师的火眼发火，我的屁股发烧、发烫、发红。区区三下，差点晕了过去，很有新加坡鞭刑的味道。牙风往牙根里吸，然后两腿自然夹紧，接着嘴噘、吐气。深山道士的吐纳大法神功，老夫早就深厚得很。但还是很痛，所以我老早就发现，吐纳只能气定神闲，丝毫不能缓解痛楚的难受，神功跟挨揍是两码事。

幸亏狐群狗党们都很佩服，这一顿讨打还是值得的。老师递给我“南侨水晶肥皂”，他说可以消肿，我知道怎么善后。沾水轻轻在患处搓摩，约莫三分钟，不多也不少。虽然吱吱刺痛，一个小时后渐渐消肿，疼痛会缓解。“南侨水晶肥皂”是野生藤条的最佳克星。老师常说一物克一物，真是一点儿也没错。痛还是很痛，可以想象屁股有两片膨膨的红面龟，它一直不停往外胀—胀—胀。

历史课本都说暴政必亡，连秦始皇都会垮台，可是我们“可恨的”老师愈来愈锐不可挡。大家都气得牙痒痒的，就是没有人敢起义抗暴，就是像那个陈胜吴广啦、孙中山黄花岗烈士啦……他一点都没有走下坡的样子，可见历史也不可信。

尽信书不如无书，老夫决定干一场大的、很大的那一种。就算失风也虽败犹荣，偶尔做荆轲也不错。

老师在台大是读森林系的，却安排来教我们语文，没想到还教得挺好，虽然气他，上课倒是都听进去了。人家教得好，可以不肯鼓掌，但不可以污蔑人家，做人要公道。

他种他的实验林，我们倒像替秦始皇筑长城的征夫，很可怜、很可怜，很悲惨、很悲惨。

暑假是我们最黯然神伤的岁月，他免费给大家上《古文观止》，教书法，然后我们到他家种树、拔草。那年暑假，记得前两个礼拜种的桑树死了十二棵，都是我干的。当时只是《祭十二郎文》背得不够流利，就挨一顿毒打。哈哈，代价是阵亡十二株树，老师得不偿失，他不会做生意，而且好像也不太懂人性，以为学生都是龟孙子，不敢反抗。他一定不太读荆轲、望诸君乐毅啊、屠狗的高渐离啦……我随便数都有十来个，自古燕赵多豪杰，我看他是更不懂了。

今天老师再给我们教一遍怎么培土啦，怎么插枝啦，浇水啦……我刻意在老师面前装着一副很忏悔的模样，同时喷出很赎罪的眼神。拔草，一铲一铲地挖土，很标准地做插枝的动作，汗流得很多。老师忘了刚刚的国仇家恨，还赞美我半天，说我不愧是农家子弟，还说我将来是种田的料子。但那时没有打算原谅他对我的暴行。

我趁着上厕所的时候，悄悄地绕到前两礼拜的桑树区，还是把桑树枝全面袭杀。手法十分高妙，而且十分简单。我快速跑过去，把刚发芽的桑树枝都往上提一寸。

一分钟不到，拍拍手，料理完毕，神不知鬼不觉。

一个礼拜后，树全死了，连后来补种的也无一幸免。表面上大家同仇敌忾，表情哀戚，内心都很微妙。

老师冷眉一横，对天长啸。

“是谁干的？”老师咆哮。

“是谁干的？”我们颤抖。

“是谁干的？”天打雷劈似的。

……

熊掌虎视眈眈。我招是不招？屁股自然绷紧，新伤旧痕在撕裂，正在犹豫间，没想到刚刚跟老师起冲突的“邱罔舍”说话了。

“我们不是来做苦工的……”

“你说什么……说什么……”

“要做这种事，我们家有很多可以做！”

“你根本是流氓！”老师说对了，他爸爸真的是流氓。

老师追打，邱仔跑给老师追。大家愣在一旁，老师的树林仔成了战场。

“天地君亲师”，气得骂人。

“流氓小子”，飙三字经。

邱仔拉开嗓门嘶吼：“那些树都是我弄死的，我故意弄死的……”

邱仔翻短墙跑了，脚踏车骑得飞快。开学以后，邱仔就没来学校，不读了。

没想到，我的英雄梦霎时粉碎。我很不开心，闷在心里一直没讲。他当替死鬼，也当了英雄，原来英雄都是替死鬼变的。课本都不愿意这样说，老师也没有胆子这样讲，可是明明就是这样。这不重要，我冒险犯难，功劳被人家抢走。哑巴压死子，又讲不出来。也不能讲，唉呀……

老师走的时候，我们都已步入中老年，邱罔舍哭得最凄惨。

出殡那一天，邱仔在瞻仰遗容后，很感性地说：

“老师一定气我不成材，眼睛都闭不上。”

他非常忏悔，一直摇头，很对不起老师的样子。我无地自容，我知道是我干的好事。

一目未瞑，是我害的。这个千古疑案，我认了，老师。

四十五年后，不用协商，我认罪。

“老师，那件事是我干的。我只有干过那件坏事！”

每次在宜兰老家开同学会，对于老师寒假暑假每个礼拜一到他家的“返校日”，大家都热哄哄说个没完，心里头都很感佩。私房功课规定一大堆，要写毛笔字，大楷小楷都来，古典小说一本接着一本，古文一课背过一课，屁股一个打过一个。

现在想起来，我们都好敬爱他。

走廊上的老学生，忘记了年代，扯蛋扯个没完。

“老师，跟你讲，那一次我也有分！”

“真的，假的？”

他会，大家不就都会了？他丢白布条也是反抗暴政吗？跟一群四十几岁的建中老学生谈做坏事的经验，老夫算小咖的。

老师，对不起，我一直是好孩子，但也曾做过坏事，偷偷使过坏胚子……

教了三十几年的书，没离开岗位，我乐此不疲，会教到不能教，或套一句同事朱老师的豪语——“教到倒下为止”。我没有这么伟大，也不是挂着“教育热诚”的招牌做标榜，老夫就喜欢教书。当学生的时候，下课总是在黑板上涂鸦，喜欢拿粉笔的感觉。

教书让我很愉悦。不是我很会教书，是因为学生时代，我是调皮捣蛋的“坏”学生，专门对付校规、对付老师的异议分子。学生干过的、想干的、还没有干过的坏事，老夫全干过了。功课好的不好的，老夫都有一套，将心比心，站在学生立场带学生，没有搞不定的。所以我有耐心带学生，也很爱带学生，闭着眼睛就知道哪个学生下一步要干啥！哪有调皮的学生不对付老师的，学生不是老师的仇家，也不是老师的敌人。把学生当大人来尊重，把自己当成学生来思考，就会当老师了。

动员勘乱时期学校的管与教，有很多过当严厉之处；青春期危险期的叛逆与挑衅，有很多过度解读之处，老师和学生一直都是师友之间。这样子想，很多故事都是美丽的回忆，也都会是感人的故事。教书真好！

四　学生命的价值

一个建中的夜晚

谁知道，事情还没了！晴天霹雳，第四年，《一个建中的夜晚》又来了。

有一年建中红楼文学奖小说类第一名适巧是我班上的学生。很多人说他非常狂！我和其他的师长看法不同于是出面替他辩护。现在想起来，我们竟然都错了，他都不是我们想的那样子。

红楼文学奖得首奖，当然是学生自己的才气，我一点也帮不上忙！这位才子是其中的一位，他让老夫一生印象深刻，师长一直认为他太狂了。

我私下知道他十分封闭，甚至近乎自闭。那篇截然不同的佳构，就是他的心路历程。因为习性跟别人不同，就是最特殊的创意。我一直这样主张，以为这是最了解的说法。

三年前，我在马路上和他巧遇，相见甚欢。我们师徒俩喝起咖啡，午后卡布奇诺得很。为了这重度浪漫，我收起一饮而尽的习惯。

他告诉我所不知道的两个重点：“高中三年我看完全本《史记三家注》，大学我读完《资治通鉴》原文。”老夫我肃然起敬。他不狂妄，是狂热。他从历史看天下，那一篇《失去题目的记忆》，以意识流的手法，给建中好好洗了一次脸，赢得终审教授、专家很高的评价。

他有很高的高度，历史在他的脚下。这样的红楼才子，我陆陆续续碰到过。真是这样，不是他狂，是我们低了。

“建中第〇届红楼文学奖颁奖典礼”——红色布条横挂会场，简单、气派、大方。

红楼二楼会议室，小提琴音优雅回响，一群弦乐社的音乐素人，撑出红楼的雅乐。得奖者入座，家长们来了，师长们来了，记者群来了，校长引导评审委员入座，行礼如仪。文艺春秋，十分文坛。

小说组——第一名……

现在请发表感言，每人一分钟。

《失去题目的回忆》的某某同学：

他有深度近视，走路又不习惯看路。不小心一踢，立着的麦克风倒下。全场叱咤，然后自然而然的鸦雀无声。

他只说了两句话——

“我觉得写小说太容易了！”

首奖的嘴巴也是两层皮，此刻场子是他的，怎么说都有理。

“但是你书要肯读，脑子要敢想，手脚要下得深。谢谢大家！”

“狂！”所有师长的眼神都这么看。狂得有霸气。

扶扶眼镜，看得出他下台很小心，走着走着又一踢。好不容易扶正的麦克风又倒下，叱咤全场。几个笑声开了头，会场热闹了起来。

小说写得那么长，话讲得那么短。他是我的学生，习性跟我全相反。话少，却让台下的评审大吃一惊。后来台下的教授讲评，说他胆大心细。总结时，陈教授说：

“你们听到了吗？小说奖首奖的同学从走上台到走下台，技惊全场。”

“他的霸气、自信、坚毅、真诚……我再给他一个第一名。”

我听不出评审的用意。

这篇小说以自传体式的手法写成的绝妙佳品。以“建中没落了”为主架构，很成功地消费了建中。我来建中三十年，“建中没落了”我听了三十年。坐在评审旁边，我不敢告诉评审，这篇小说是这样写的。他在截稿日当天的早自习，走到讲台前，低语告诉老夫。

“老师，今天文学奖，还可以交吗？”

“可以，可以，五点钟放学以前。”

“那我上课就开始写，今天一天统统用来写。”

望着他像被菅芒划过的眼睑，那眯成的一条线，怎么看都是没睡醒的样子，我意志坚定地对他微笑。

“你就看着办嘛！你知道怎么办哦。”

我怎么会看好他呢？五点下课，他给了我快二十张稿纸。填完报名单，已超过截稿时间，送出去，我看都没看。天啊！他是这样写出来的。

第三名某某某。小提琴悠悠扬扬，有点黑的得奖者，走近麦克风。

“我觉得我这篇《一个建中的夜晚》，得第三名是委屈的……”

全场一片死寂，静得可怕可怖可惊可畏，教授还被他点了名。他的致谢辞超过不少时间，司仪几度想要趋前制止，聪慧老练的校长做个手势，瞬目示意，让他讲个痛快。义愤填膺，语音高亢，煞都煞不住，整篇《一个建中的夜晚》的内容，都快讲一遍了！麦克风腿酸死了，差点自己躺下。

比第一名的得奖感言，更强大。他只是一个小高一。

“狂妄死了……”一位家长写了一张纸条给邻座看。

“狂”和“妄”成了当天的焦点，红楼二楼在冒汗。

第二年同一个题目《一个建中的夜晚》，又得了奖，这回是小说类的佳作。

“我觉得我这一篇写得比去年还要好，结果成绩倒退咯………我很想听听评审们怎么说。”

这位去年上台横冲直撞的建中小霸王，经过一年的淬炼，今年将球做给终审委员。终审委员名单和去年完全不同，根本不知道去年发生了什么事。像被押上刑场，不走不行。一箭三雕，不知怎么办的评审从左到右，小心翼翼地危机处理。校长大人一脸仓皇地涨红，活似西瓜肉，然后铁青，瓠仔脸又像摔了一跤。

张教授：“能掌握青年心态，充分表现出现代青年对现实的迷惘与疏离。结构尚佳，文字稍弱。叙述显得匆促，不够详尽。”

周教授：“以一场游行作背景，来烘托一个颓废女孩子的心貌。文章中藏有宽厚的回忆，可喜。”

朱知名作家：“写作的基本动作不错，观点亦有趣，文字经营应可以再认真一些。”

大家聚精会神地听额外的讲评，掌声特别热烈。《一个建中的夜晚》先生，却不知什么时候溜出会场。校长十分不悦，却幽默地说：“斯斯有两种，建中才子人有千千种，我这个校长心有千千结……”依然掌声如雷，大家相濡以沫。

第三年又出现一篇《一个建中的夜晚》，校内老师们都十分惊悚。初选就被刷掉了，看来故事没有续集了。

谁知道，事情还没了！

晴天霹雳，第四年，《一个建中的夜晚》又来了。简直是“影”魂不散。“拄（睹）到魔神仔了（遇到鬼了）。”有人戏谑地说。原来，他老弟也考进来了。没入选。

天啊！好爱听又好怕听“得奖感言”。

（本文发表于《幼狮文艺》七三三期，二〇一五年一月号）

狂要狂得有理！好的东西要跟好朋友分享，老夫会跟你敬礼。

我只帮我学生的《失去题目的记忆》说话，他忧国忧民，他狂得强哉矫，他有本事吹大牛，没人有异议。那搞了四个“夜晚”的建中才子，颠狂而妄，现在不知人在何方？

孔老先生说的这一段话——

“不得中行而与之，必也狂狷乎！狂者进取，狷者有所不为。”

狂者太过，狷者不及，皆非中道之行。孔先生要的是中道之士做他的传人。

人不痴狂枉少年，是血气之言。当作热血一下，无伤大雅。红楼才子，志在天下，想领袖群伦，要从“谦德”开始养起。大易六十四，唯谦一卦，吉无不利。读一读许地山先生的《落花生》，你或许会恍然大悟，原来用电脑拣的土豆，把成就都放在地下，韬光养晦得这么彻底。红楼才子们，天住得很高，你没碰过你不知道。

谦卑礼让，善下知退，一点都不会影响你的伟大。

不是你拉拉唱唱——“力拔山兮气盖世”“大风起兮云飞扬”，你就会成为王者或霸者，天下事不是长这个样子。大学，学大，建中人要养这种大器。中庸，用中，才子们要学这个智慧。

驼客兄，驼客弟，人生的路还有很多荆棘。停看听，是你的智慧。跑跳碰，是你的狂热。头放低一点，多看看地，模样很静又很厚。爬得愈高看得愈远，是努力的阶梯；爬得愈高摔得愈惨，是跋扈的下场。

试试看，平平常常躺一回地上，你将会发现多么接近天空！

捉鬼运动

校长："若是提早结束夜自习，造成民怨，引起误会，抓什么鬼呢？"

没有火把，熊熊怒火在高三老驼客深邃的眼窝里酝酿。没有革命，句句诮斥在斑剥红楼的自由民主中发酵。长空黯蓝，几盏高大的探照灯，打亮操场夜晚的绿。夜色迷光，太邈远的皎洁，温暖不起群情愤懑的眼。

二十多年前的六月末，我还很年轻，庄敬楼高三教室夜自习时掀起了骚动。那一夜深闷湿黏的台北城，红楼有人丢下第一把椅子。课本、讲义、参考书、旧球鞋、书包……怒气如雨下。四楼丢下、三楼丢下、二楼丢下，一楼的则奋力朝天抛去。波浪般连锁摇动，瘟疫般遍室怒吼，校园鼓噪声起。

"不用考了，考个屁啊！"

"就是要触我们霉头嘛。"

“这是什么学校，烂死了。”

“抗议，抗议，抗议，抗议，抗议……”

“还我夜自习权，还我红楼。”

“建中自由民主万岁，我们不走……”

〇六二八事件恰逢周日，傍晚在篮球场，老夫跟自己斗牛。周日留守，只有教官，年轻上尉他看出端倪，甚急。天渐渐黑了，我没有回家，西云未散，晚阳有风暴。

高三老大哥渐渐走出教室，在走廊跟着抗议起来。

六点半，老夫走进三〇一教室，在训导处右拐第一间，今晚没人吃便当，师生面面相觑，教室外乒乓作响。严格说这算校园造反，班上十来个同学们，不多话。

没人阻挡，无人喝阻，唯教官一员坚守城池，只能呆看。

“八点钟我会再来，冷静些。”我淡淡地告诉学生。

火速赶回泉州街吃饭，我电知训导主任快来。他紧张万分，没来。

约莫八点，穿过马路从泉州街侧门，老夫急躁躁趋入。庄

敬楼、正谊楼，纸书飞扬，一楼知识垃圾堆如山，立在操场两侧的大灯提早熄了。忿书满校园，荒凉快速在蔓延。

这是无言抗争，达到起义标准。应届毕业生发难，全是为了校方要求提早一天清空教室。

焦急走进教室，连我的十四个学生都高亢激情。校园无大将，老夫作先锋，我只守住子弟兵。一口气说了一长串——

总务处只是缩短一晚夜自习，需要这样子吗？这不是学校的意思，建中不会这样干的！是联招会作业疏忽，要求提早一天贴桌子上的名条！你们读了三年建中，又不是新来的！花圃上都是书本、衣服、袜子、杂物……连电风扇都挂在树上，这么不懂建中……大王椰子头顶，竟然有书包倒栽葱……有人生气闹情绪，可以理解，怎么都这……做人至少要懂得感恩，平心静气好好想……

吞了一口水，声音放低，我想我很诚恳地说——

我要求大家把教室打扫干净，椅子要靠拢，桌子要排整齐。

建中最后一夜，今晚地要拖得最干净，这是做人的基本价值。

我的同学们，纷纷起立扫起地来。环视，高三这一年眼前最清明亮鲜的地板，然后我们熄灯，挥别。最后，老夫载了一位同学，并不顺道，我送他回万华的家。

第二天，听说一早，天未打曝，工友全数急召，打扫。花了一整天的时间，清掉所有脏乱、乌气，还有秽气。知道的人不多，学校停课，师生全放假了。当晚的糗事，主其事跟瞎起哄的都没人放风声。

生辅组长："为了校园安宁，我们应该把这个鬼揪出来。"

主任教官："背后可能有人搞鬼，有人策划，有人煽动。"

训导主任："先把原因找出来，是校方疏忽责任，还是故意滋事？"

校长："若是提早结束夜自习造成民怨，引起误会，抓什么鬼呢？"

暑辅首日，校长跟目击现场的我、轮值教官聊起当晚的事。

"上面没长眼睛，我们不能跟着瞎，不对就是不对！"

"学生说我们和联招会是共犯结构，这得忍气吞声！"

"我们应虚心向学生表示歉意，虽然错不在我们……"

"上面凸槌，下面遭殃。这个亏要吃，好汉也要吃。"

"行政协调要顺畅，还要注意态度，也是尊重学生。"

“处理校园伦理，师生的高度是一样的，这是建中。”

鬼不捉了，〇六二八成为悬案。

捉鬼，像捉贼、捉小偷、捉强盗一样，有除恶务尽之意。

记得我高三上时，母校开放教室给学生晚自习，寒窗苦读有老师闻问。在大学联考录取率12%不到的年代，夜读、苦读是一条路。

那一年，从北到南，都在闹鬼——

有人说是真的鬼出鬼没，有人说是有人装神弄鬼，有人说是有心人的政治阴谋。闹了鬼，自然要有人抓鬼，全部校园的捉鬼运动于焉展开。究竟要怎么抓？没有人拿得准。最后鬼有没有抓到，大家清楚。

习惯晚自习的高三生活，先在合作社买个十元阳春面，一大碗便是夜生活的开始。

主任教官扩音器的声音，坚决、绝对——

各位同学大家好：校园闹鬼，从明天起，晚自习取消。六点钟教室清空，不准有人逗留。这各地统一，全校必须贯彻到底。这样鬼就无所遁形，鬼不敢出现。

高三老大哥们，不吭不哈，有人在“文艺走廊”贴满大字报——

“鬼在心里有鬼的人心中”

“我们的心中没有鬼”

“我们都是光明的人”

“我们不怕邪恶的鬼”

“富贵险中求，恶鬼心上来”

“人死叫作鬼，不是人以外还有鬼”

“怕鬼，不是人；是人，不怕鬼”

敢死队多，还是有一群人继续留下来，留下来抗争。

“故意违反规定的，记过一次。”第一天朝会。

“擅自留校的，绝不稍加宽待。”第二天朝会。

司令台上虎头铡伺候的命令，毫不迟疑。大操场上不怕死的人最强大，打死不退。

女生班的人少了，男生班留校却愈来愈多。主任教官生气，英雄少年愤怒，剑拔弩张。谁第一枪应声而倒，大家都在等英雄的名单出炉！鬼给谁第一次小过，大家都想求仁而得仁！

班会作成决议，导师兀立走廊，看他的云，并不过问。

班长说："结论：迷信，是邪妄；理性，才是信仰。"

班长说："相信鬼的请离开，相信自己的请留下！"

班长说："我们今晚要用勇气驱鬼，不怕鬼的来！"

班导说："留晚自习，我不阻止；不留，我不反对。"

班导说："还有没有事？没事下课……下课……"

捉鬼运动，第三天晚上。蚊帐来了！有人打开手提袋，说是要在教室过夜。

棉被来了！有人带着一床被，想跟鬼睡一个邂逅。准备抗争！三十三个好汉在一班，准备当炮灰。有一位被主任教官称为太妹的女生，也加入阵营。

"学校可以到处抓人。"班长慷慨激昂地说。

"我们一起来抓鬼吧！"怕鬼的女生竟然不畏鬼。

鬼始终没有出现，但是，学校一直准备捉鬼。

七点多，四位教官全在校园，冷月气寒，铁蹄将至。

九点，校长走入校门，走入我们班教室，站上讲台。

“不应该影响你们读书，校长无能，对不起大家。”

“晚自习还是你们的。蚊帐、棉被今晚带回家。”

第四天朝会，阳光很足，教官一个班一个班检查头发。

“如果有鬼，校长抓！”校长拍了自己胸膛几下。

“晚自习恢复，校长亲自坐镇。”他在朝会时说。

司令台下，欢声雷动，掌声如雷。师生们都笑了。

“校长好……”台下喊声四出，有人大叫，有人比出“V”的胜利手势。

“鬼去死吧！”张三说。

“怕鬼的去死吧！”李四说。

“抓不到鬼的去死好了！”王五说。

世上究竟有无鬼魅，这真的没什么好讨论的。为了抓鬼，弄得鬼影幢幢，人都成了鬼了。把人看成好人，大家都会朝着这条路上走。把人看成坏人，失去互信，就光明不起来了。中学生正值青春期，叛逆性强，危险性高，情绪反应剧烈。

可是有脑筋的学生不能拿这个当借口，第一流的学生应该有第一流的高瞻远瞩。

学生若误会学校，他们之后自然会察觉，别去动他们。愤怒并非恶性犯意，试着机会教育，不用追究。教官执行公务没有错，这不丢脸，别自责。学生没有恶意，老师、教官、家长、校长别着急。但是丢东西丢得像暴民，粗口声骂得像狗血淋头，就算不是误会，只为了夜自习停一天，有必要这样不理性的“同仇敌忾”吗？

为了大考中心在座位上贴个名条，影响小小的权益，肇事学生像暴民，校长谦冲为怀。呼呐喊叫的捉鬼运动，杳无鬼影似鬼片，校长一副铁肩。鞋子好不好穿，合不合适，自己的脚最清楚。椅子要不要扔，命令要不要下，鬼要不要抓，滋事者和主其事者的脑子，最好都要明白。过度情绪反应，往往只有懊恼与惭愧，永远不要吃会后悔的药，心中就没有鬼了。

印象是别人的，形象是自己的，学校是大家的。

再见阿郎

"老师这是你在看守所送给我的，铁窗外当场写的……我一直放着不敢丢。"

天暗得很快，我先到公司。不久，王慰平来了，是他没错，二十几年没见了。

穿着白衬衫，打着制式领带，头发齐整，笑容可掬，圆融练达。见面的时间没有选对，正巧碰到明天他公司新大楼启用大典，王慰平是中区所长，忙上忙下，他说明天总公司高管通通会来。我在贵宾室喝咖啡，两三个业务主管轮流陪我聊天。

"我们所长，绩效连续九年第一，很拼呢！"

"没有难得倒他的事，碰到刁蛮的客户，只有他能忍住脾气，最后成交。"

"他说卖车是求人的行业，要专业、要智慧、要诚恳、要信用、要谦卑。"

"每天上班他要我们背：客户无理无礼无厘头，我们忍耐忍耐再忍耐。"

“他总是第一个上班，最后一个拉下铁门。他说：我做得到的，你们才做。”

“他说就算天上有掉下来的礼物，还得要出去捡才捡得到。服务第一，人到脚到。”

我们两人在餐厅坐定，他历尽沧桑，我努力老迈。我十分欣喜，他十分激动。

“谢谢老师来找我，这么多年我始终没有勇气见您。”

“我有胆子找你，才吃得到铁板烧啊！哈哈哈……”

“我只有高中学历，加上自己有前科，老板破格录用，我一做就是廿一年。”

“老师说过‘一失足只有一条路——千古恨’，这是真的！让我感慨万千。”

“你让我完全改观，跌倒能爬起来，又站得比谁都挺，这就是好汉！”

“这二十几年来，我一直捐助、回馈，努力祛除心里的阴影………”

“同学等你开同学会呢！引以为戒可以，折磨也是应该承受的。”

吃了几道菜后，他从皮夹缓缓掏出一张泛黄的纸条。

“老师这是你在看守所送给我的，铁窗外当场写的……我一直放着不敢丢。”

纸条上写着“养浩然气，做有用人”。

眼睛一亮，我心头一怔，很震撼。

那些年先注册再开学，老师们要开各科教学研究会、训导会议，班上还要处理班级集体注册，以及留级生、复学生的安顿，导师们忙成一团。炙阳之秋，虎虎闷生，那个年代一台电风扇也没有，秋阳焦燥，汗很快就涔涔下了。

两个穿便服的学生在走廊哈拉，模样不像个建中学生。各班级的学生忙不迭地按照注册程序走，有的缴学费单，有的送学生证，有的领书。建中像夜市，学生来来往往，走走停停。

“你们导仔是谁？”王慰平斜着身，站三七步，脚不时抖着。

“听说我们那个‘五代人’，很杀。我二〇六班……你们这班呢？”

“有够衰啦，这个这个‘老大’啦！干，衰死了……”他手指着二〇四前门右边的课表。

长相粗俗蛮横，我也不怎么像建中老师。站定二〇四班门口，老夫就战斗位置，往右一瞄，眼神应该是恶狠狠的。

“我就是这位会让你很衰的人……你们两位是哪来的？怎么穿便服？”

“我不是你们班的，他是你们班的。”

“我……复学生，我叫王慰平……老师我可以坐后面吗？”

一脸社会化、满嘴都是江湖话的他，眼神闪闪烁烁。

带班还是老规矩，不管是志愿的、发表政见角逐的，还是众人推举，只选一位班长。其他干部和各科小老师，全由班头张罗，我们说这是建中的“内阁制”。芮班长向我报告打算找王慰平当副手，我先是愣了一愣，问他为什么这样布局。

“老师，他是复学生，我想他能带动爱玩的同学，最起码这样他会先要求他自己。他小有名气，别班也不敢随便欺负我们班。老师您知不知道他就是阿郎？”

“喔……王慰平……建中阿郎。”若有所思，我无意识地频频点头。

“老师他……我负责。”

“行！照你的意思，就这么干！”

仔细读了一遍阿郎——王慰平的基本资料：

一、单亲，父殁，母亲靠柑仔店营生，一个妹妹。

二、高二重读，休学——复学。

三、抽烟、爬墙、打架……有记过记录。

整体而言，对于阿郎的了解，还是模糊的。

开学第三周，班上有人丢了钱包，还来不及通报教官室。身为副班长，他问清原委，第二天就破了案。钱包回不来，钱找到了，全班称英雄。

“告诉我实话。”我找阿郎问。

“只有四百五十元，向朋友周转，我拿出来的。”

第六周，“韩国仔”课业有障碍，数学不行，阿郎央托数学小老师教“韩国仔”，阿郎自愿帮他打扫外扫区。

“韩国仔的数学没问题，地还是我自己扫好了。”

第十周，和我们班共用教室的几位补习同学来找碴，不满“阿彬”在桌上乱写不雅的字蔑视他们，听说他一句话搞定。

“我是阿郎，他是我同学，不是故意的，这个脸要给我！”

第十三周，隔壁班有位重读生和外头女子同居一室，他们赁居宁波西街同一层楼，熟识。有人检举，教官准备突袭抓人。他在大门外贴了一张白纸，上书“君子自重，非请莫入　阿郎敬启”。

“这里是租屋处，不是宿舍，谁都不能进来。”他挡住门口。

第十七周，“黑龟仔”功课垫底，和船员父亲言语龃龉，老父载他上高速公路，找个地方，狠狠打他一顿。“黑龟仔”逃学借宿他住处，第二天半夜带他回林森北路的家，并且现身说法，委婉地向“黑龟仔”老父晓以大义。

“慰平啊，你讲义气我懂，校有校规，家有家法，有些事是不妥当的。”

“老师，我知道，我知道，我不会了……”苦笑，然后摸摸头，他态度很好。

不过，第一学期结束，阿郎的学科成绩一面倒，满山斜阳满江红。

寒假返校日，发成绩单，三科以上不及格的有三位。阿郎最惨，六门不及格，四科四十分边缘，老夫语文给他六十分。打扫完后，他找我说话。

椰子树最能领略凄情，当师生幽沉的步伐向椰子树走去，椰影是轻歌下曼舞的仙子，给您冬阳的温暖，斑剥的椰干撑起失措无著的心。一半刺亮的寒光，一半婆娑的椰影，忽暗忽明打在他脸上，我第一次感觉到他沉默的心。

“王慰平，成绩蛮糟的。”

“我没读什么书。”

“能复学很难得，不能混啊。”

“我花太多时间打工，回家都累了。”

“打工？”阿郎坐定之后，我听他说：

第一次读高一，真的就是玩，玩疯了，都不是学校的活动，撞球啦，夜游啦，飙车啦，卡拉OK啦……还有打架啦……高二那一年读不下去，怕留级难看，就休学了。

我父亲早走，老妈养我们养得很辛苦，我还有个妹妹。我告诉我自己，上高中就要独立，自给自足。可是我老妈供我在建中附近赁屋，又设法供我起码的生活费。立志立了半天，来建中就忘光光了。当年我是母校唯一上建中的毕业生，很丢脸。

休学那一年，我拼命打工赚钱，希望把两年学费生活费赚起来。没存到钱，倒是交了不少爱玩的朋友。这一学期复学是复学，也打工，也还是跟他们玩在一起，所以没读什么书。谢谢老师，谢谢班长。我还是改不过来。

讲完他的故事，我们都站了起来。

“老师，我下学期好好拼回来，不打工了。老师帮我跟任课老师说一下，可不可以外堂课让我留在教室读书。我不能留级，我老妈会受不了。我不会乱来……”

“好，就这么说定。有困难找我，生活简单一点。”

冷云开了，阳光全写在他脸上，椰树闪着光浪，低影渐斜。

下学期，阿郎果真换了一个人，努力读书，不懂就问同学。工不打了，他先靠敲杆维生。二十几年前，十分盛行撞球，每天放学，四点半到六点半，“快乐营”是建中撞球队的战场，是唯一不在校内却拥有不少社员的“灰色社团”。五点都是高手“插赌”时间，阿郎擅长“九号球”和“斯诺克”，靠接受挑战吃饭，三十、五十，收入微薄，但进账很快。撞球要有球艺，要有体力、智慧，还要有气势，一票人会跟着他造势。他讲义气，朋友多，很多人经常来捧场，给他气势。

“气势最重要！”他每每这么说。“球王”阿郎，就有这个霸气。

教朋友打麻将，小赌是他另一种营生方式，教会了很多人，也交了很多新朋友。方城之战，用脑力自摸，比较轻松；撞球敲杆，靠临场技术，比较惊险。第二次读高二了，他不再拿老母一毛钱，家境清寒，他只有“允文允武”这一条路。

功课日有起色，暴力的倾向却愈演愈烈——

解决日校、补校层出不穷的小纠纷，他一定出面。学校盯上他。

处理学长学弟抢球场的冲突，他大声斥喝，争端平息。学校扩大解读。

学校抓不到的搜书包集团，他硬是揪出主谋。校方将他列为重点对象。

篮球场有人扒窃，他当场打得对方鼻血四溅，众人喝采。记大过。

中山堂电影欣赏会，班联会污钱，他率众痛扁，掌声四起。记大过。

凶狠的“黑面仔”霸凌一类组的身障生，他一拳打断对方门牙。记大过。

教务处期末课业全部——“过关”，学务处德行审查——“留察”。

“你怎么变这样？这么暴力，讲都讲不听……”

“老师，我看不惯为非作歹的人，阿郎我必须这样……”

“这样也是另一种流氓呢，慰平，价值观不对了……”

“老师，我知道，我知道，我不会了……”

“有任何困难找我，这里是优质学府，不可私了，私了是黑社会……”

“老师，我知道，我知道，我不会了……”

高三上，王慰平开始翻墙、翘课、旷课、不假外出；往来的对象从校内到校外，更复杂了，他社会上的朋友回锅了，耽乐的夜生活恢复了；撞球不打了，麻将不摆了，功课不管了。

“阿珍仔，我是林老师，请您劝劝慰平，感觉他不对了……”

“老师我知道，他说有人要给他黑星手枪，他不敢要……”他女友恐惧地说。

“小妹，我是林老师，可不可以告诉你妈，你哥很不对劲了……”

“别告诉她，我妈生病住院……老师拜托拜托，我会劝我哥……”

同学好心密告，警方深夜扩大临检，王慰平反应快，黑星手枪随手丢弃垃圾桶，趁乱溜走，没被逮。旷课十九节，我联络到阿郎。

“王慰平，不要再翘课，快廿一节了。老师直觉你就要出事了，冷静点……”

“老师，我知道，我知道，我不会了……”

“明天七点半，我要在教室看到你。”

“老师，我知道，我知道，我……”

“需要钱，找我，不要乱来……”

“老师，我知道，我知道……”

一大早七点，我兀立一楼走廊，等阿郎来。七点三十，不见人影。升完旗，我去住处找他，看他怎么说，我带着怒气。租屋处空无一人，匆忙返校。

“林老师，很惨咧！牯岭街派出所紧急来电，贵班有学生出大事了。结伙抢劫，一人在逃。”训导主任红着脸，拉着我说话。

“王慰平？”

“嗯。我请李教官跟你去处理一下……”

一路疾走，牯岭街派出所像个衙门，进门右手边，一眼瞧见他，一只手铐紧扣在不锈钢管上。慰平看到我，立马下跪，号泣不已。

“老师对不起，老师对不起，我没听你的，我该死我该死……”

“如果没解严，博爱特区结伙抢劫，不分首从一律枪毙，你知不知道……”

“老师对不起，我该死我该死……”

警员将笔录给我看：

王慰平伙同在逃嫌犯，昨晚七时许，在福州街经济大楼门口，机车二人组抢夺记者钱包，赃款总计新台币六百九十三元。

“王慰平，已满十八岁，移送看守所。”警员说。

“另一位父亲陪同他投案，正在路上，也是你们班的。”李教官说。

“老师，我对不起你，将来我一定重新做人……”

“……”我点点头，紧闭着嘴。

华视记者在门口，人影穿梭。

最后三审定谳，王慰平判六年有期徒刑，缓刑五年。另一位交付保护管束。

“老师，当年我有想过跟您借钱周转，可是表现太让您失望，我没那个脸。”

“没有赢得你的信赖，我很内疚，我和蔼一点就好了。”

“不不不……老师。”放下筷子，他详细说。

当时我老妈生病紧急开刀，借不到钱。一时冲动，看报纸写，很多就都是这样抢人钱包。我对不起阿国，他不知我要干这案子，要他骑摩托车接应，都是我一手策划的。我电影看太多了，朋友交太杂了。当年那些外头瞎混的，还帮我勘察地形、算红绿灯秒数、摩托车拔牌，如何下手，如何逃逸，一再地演练，还给我一把短刀。就这样糊里糊涂，以为十拿九稳，找了个女的下手……唉！怎么说呢，怎么说都不是个人该做的事……

“那个受害者是时报记者……”

“哦。好像是记者……”

“记不记得在带你回学校办手续时，你写了一张很潦草的悔过书，写到一半，我跟主任说：‘我看不用写了，等一下就要移送法办了。’那一张我帮你收了，放在我书房，下回还给你，也是二十几年了。上头有几个字我记得：“我是个土匪、抢匪、盗匪……”

“很可耻。”

“你脸上有一股善良之气，现在你结结实实是个有用的人。”

阿郎，哦不——王慰平送我去高铁。

“老师，身体要顾勇健喔！”

离去时，我心里说：“哪一天我儿子要买车，老师会给你交关一辆。”

留个小平头，加上一脸横肉，在建中我的绰号一直很固定，“老大”“黑道”“杀手”，就是这几个轮来轮去，并不怎么新鲜。刚到建中那几年，第二、三类组学生，到了高三转组变数多。第一类组不太平静，我和三位男性教师奉命接高二第一类组的导师。虽然慷慨填膺，易水悲歌的寒怆，不知不觉，油然而生。

想到阿郎，我常常很自责，身为教育工作者，我是岗位上的老兵，别人都是“化腐朽为神奇”，老夫却是“化神奇为腐朽”。还好，不容易变好的人，自己变好了。记得他还告诉我，病中的老妈筹不出十万元交保费。看守所足足关了六天，什么样的人都见识到了，贩毒吸毒的啦，强奸性侵的啦，帮派流氓啦，杀人放火的啦……应有尽有。很荒谬的是，里头知道他是抢劫犯，竟然对他必恭必敬，活脱是个鬼域之神，对他行礼如仪，让他哭笑不得。

他说：“难道我要这样过一生吗？”

看守所那六天，他想清楚了，良心就回来了。王慰平是自己好的，自己想要好，谁也挡不住。期待明年的同学会，“车王”王慰平所长会参加。

贺校长的门禁

君不见，一代传一代，那些强大的爬墙集团，现在不须爬墙了。

红楼巍巍，椰影婆娑。第四节下课钟一响，有的驼客一身卡其色的上衣拉在裤外，也有双手插在灰蓝夹克的驼客们，交叠而来，鱼贯而出，走向大门口。只要在警卫室旁拿出学生证，签个名、取个牌，就能出大门了。全是学生自治，条条理理，走出贺校长五十年前就开放的大门。闲步在南海路上，一直有着自由尊贵的步伐。十二点五十分，一群一群战士又像凯旋的军容，满足地鱼贯而入，大门始终敞开，没关过。

二〇一二年以后，没人会再过问建中人爬不爬墙了！爬墙史郭公夏五，疑信相参；巷议街谈，事多不实。记过！记过！觉得非爬不可的建中人，颇不以为意。无法！无天！觉得非骂不可的有心人，也毫不留情。建中学生不好搞？是的，建中学生的确不怎么好搞。建中才子好处理？是的，建中才子实在也很好说话。

爬了五十年的墙，建中人和四围的老墙咸不以为忤。爬墙好吗？爬墙对吗？爬墙应该吗？爬墙无损校誉吗？建中人不喜欢谈这个话题，并不是他们真的目中无人。

贺校长主政建中，两进两出，留下了“赫赫黉宇，髦士三千。薰陶入座，恐后争先。大而化之，贺公是瞻。金石贞固，永记年年”的大理石纪念匾额。什么时候建中关起大门，不让建中才子自由进出？要问校史馆，我看了三十年一直如此。各级中小学门禁始终森严，蚊子都飞不进，这并不足为奇。后来贺校长走了，大门悄悄关了，紧了；四面八方的墙却开始有人翻了，读过建中的都知道，哪些点哪个时段用什么姿势一跃而过，学长会告诉学弟，除非你不参加社团。

建中不是朱门大院，墙却特别高峻，读三年建中若没爬过墙，在那个年代是个笑话，那个人肯定是个书虫。需要爬的不需要爬的，想爬的不想爬的，既然来了都要爬上一爬，没翻它一墙就有点像不登长城非好汉一样的诅咒。所以，墙外的接骨师很多，推拿术很盛行，各种膏药应有尽有。宁波西街国术馆林立，貌似武圣关老爷的镇馆关刀，威武矗立。这里俨然是一条武林街，等着建中假武林高手一个个摔落，哀爸叫母，断脚断手，接骨师第一时间伺候你，不会让你痛太久。当然，一些人搞成严重的骨折，就只好“喔伊！喔伊！”送去和平医院了。

爬墙看起来是叛逆？爬墙看起来是青春？爬墙看起来是轻狂？爬墙看起来是傲慢？建中养我三十年，我懂。原本老夫不需要在这里嚷嚷。君不见，一代传一代，那些强大的爬墙集团，现在不须爬墙了。

想知道为什么吗？很多人不清楚这是怎么回事。很多人自以为驼客归顺朝廷了，很多人自以为红楼才子变乖了，很多人自以为建中驼客变笨了。建中才子大学化的自许从来没弱过。建中学生讲道理，但他们也绝不会和稀泥。

前些年爬墙严重，校方强力干预取缔。过愈记愈多愈乱，墙愈爬愈急愈凶。最后倾听班联会的建议案，要求中午开放，自由进出。这个缜密的门禁开放白皮书，十分周密周全而有智慧，十分自律自治而有韬略。最后在家长会支持、校方周详规划下，红楼主人拍板定案了——“驼客可以有条件进出大门”。这全靠他们自己的脑子，凭的是他们成熟的高度。校务层峰核心的决策，也靠主其事者大格局的智慧。这个贺校长时代就自由进出的大门，重新开启，学子十分珍惜。

所以，建中天天冲的才子并不“九怪”！以大方向来说，不会干不合理的勾当。爬墙是要爬出桎梏！爬墙是要爬出自由！爬墙是要爬出民主！爬墙是要爬出自我！现在可以大大方方地走，昂首阔步地走，再爬，就不典型了。反自由、反民主，建中才子们心里是会唾弃的！

建中这一座大山的伟大，是靠师生一起锦绣出来的。
谁想挑战红楼民主自由花的精神，谁就要付出代价。

想当年，为了校方无预警的关闭泉州街侧门，芝麻蒜皮的事酿成大祸，学长学弟大串联，网路攻爆“南海路”，红楼古迹岌岌可危。建中才子要捍卫的是自由民主，不要威权。紧急推出，紧急收回成命，账还是记着。只是放了一个小屁，就臭了很多年除不去。破镜重圆总是有裂痕，大人怎么会不懂？

很久很久以前，段考空堂，教育当局强制学生原班自习，一大群人聚集红楼二楼走廊，说那是自习的好场所，一时“灰蓝夹克军”，万头攒动。第二天不是又紧急撤回通知，向后转回到原点？让学务处左右为难，建中红楼的自由民主要抓紧，脑筋思维要前卫！我敢说建中才子不会瞎闹，但是也不允许蛮干。

解决“事”情，要用科学；解决“人”性，要用哲学。科学的战术，智商要高；哲学的战略，智慧要深。门禁的事，贺校长五十年前就有大智慧布局；爬墙的事，五十年后照样有人打开脑子突破。

现在，贺校长的门禁已经回来了，你还要提着弱不禁风的身躯翻墙吗？

爬墙，是大事，真的有损校誉。爬墙，是小事，要用睿智处理。爬墙，争的是自由。开放，行的是尊重。建中很多事，不是对不对的问题。除了对不对以外，还有好不好的问题。好不好以外，更有美不美的问题。对的改革，在不对的氛围下挥刀，刀刀错。对的策略，在不对的形势下蛮干，照样错。对的方向，在不对的机会下硬闯，一定错。

有人说当年教育机构很多高官，都是曾任省教育厅长的建中贺校长的学生，所以建中校长才能没有包袱，迈开大步向前走。这个说法也许是对的，但只能算是很微妙的元素。我窝在这里卅年，像个柜台的店小二，来来往往看过很多驼客。那些建中红楼才子真正成功的条件，其实是凭着有自治力、自律力、理想性、前瞻性来的，不是整天靠着呼呐喊叫吃饭的。不单单是建中人，每一位年轻人都要清楚，天下没有白捡来的丰功伟业。

在尊重诚信下追求自由民主，才子如此，师长如此，校园处处都是如此。建中这座大山，是自由民主一起堆起来的，尊重是一把钥匙，诚信是一条长河。老夫说的。

五 学求生的韧力

空心菜的滋味

人啊！要像空心菜一样，什么环境都要能活下去……

两三颗蒜头捣碎，爆香，热火快炒几回，起锅前，盐巴几许，酒淋上几滴，就是溜溜爽爽的“清炒空心菜”。

小时候，除了初一、十五拜拜，晚餐可以吃到三层肉外，其他时间八仙桌真的都只是菜。从小到大，都是吃菜长大，菜菜久久，久久菜菜，我们庄脚放牛的野孩子，都是久久菜菜子。除了瓠仔、菜瓜外，吃得最多的就是蕹菜（应菜），大家都管它叫“空心菜”。

应菜、空心菜大家都很熟悉。我并不爱吃空心菜，最早是查甫祖爱吃，我们跟着吃。稍稍懂事后，听查某祖偶然提起：

“你阿祖那个死老猴，三岁没老爸，给头家看鸭阵，人家可怜他，给他饭皮（锅巴）吃，配空心菜，那就是一顿了。”听了心酸，从此就不挑吃了。

除了稻作外，靠猪舍的丝瓜棚边，总有五六块菜畦；菜园子里除了三星葱、三星蒜外，各类的菜都油绿一色，种得最多的仍然是空心菜。父亲是菜瓜棚下的哲学家。他说——

> 空心菜容易活，长得快，台风过后，菜价大涨，空心菜就是大家抢种的菜，十来天就可以采收了。空心菜是贱的东西，贱不是价值低，贱的东西容易活，多吃空心菜，生命的韧性就会强。你看，废弃的菜梗随便一丢，三两天它又发芽了。“生活”，就是再生疏的地方都要能活，生活是做人的基本能力。人啊！要像空心菜一样，什么环境都要能活下去。空心菜真臭贱，臭贱是代表很多，臭贱不是坏代志，臭贱才容易活。

父亲入赘后，偶尔他会煮饭，碰到台风天，他总是煮一锅瓜仔鸡汤，青菜还是空心菜，满满尖尖一大盘。为了能吃到可口的瓜仔鸡汤，我们这些小孩竟然很荒谬地期待台风常常来临。可口的鸡汤令人饱足，吃起来喀嗤喀嗤的空心菜就有点为难，它特有的应菜味，白淡味浅。照家里的规矩，桌上的菜都要吃完，我们三个小孩像灌菜脯一般，闭着眼睛往肚里吞。第二天吃什么就放什么出来，我们总是这样对父亲抱怨着。

“这你们就不知道了，空心菜空心，可以把秽毒排出，可以顾你们的肠子。”他总是有道理说：“蕹菜好，蕹菜好。”

在外成家后，父亲柑仔店收了，常常会带着他亲自种的空心菜来。我常劝他我这什么都有，别麻烦了。

父亲笑了笑：“这都是我亲身种的，亲身担肥，亲身浇肥，没有农药。”

他回头殷切地对孙子说，寻求支持。木讷的阿公和腼腆的孙子很好沟通。

“有啊，现在还有水耕栽培的水蕹菜，菜梗很长很脆，南投竹山有，咱礁溪也有，价钱真好啊！不过，这是阿公种的啊！阿公种的较好吃，你们老师没有讲吗？”傻儿子噗嗤噗嗤地笑，三星老家的空心菜，就一直合法进口到家里来了。

第二天一大早，他按例回宜兰。有一回我五点左右如厕，乍见父亲已在做饭，我从门缝眯着眼定睛细瞧。他肥厚的老手轻轻巧巧，铲子不铲，微微地使拨。我叫了一声爸，他转过身，庄脚人含蓄的招牌笑容也向后转。

“本来想说不要吵到你们，哈哈，还是吵到你了。”

慈祥在锅子里游走，我的心酸了起来。

有一次，父亲搭火车来台北，车到了福隆才猛然发现，一大包空心菜忘了提，丢在罗东车站。换搭回头车，找到那一大包空心菜再北上。儿子尚小，问他阿公说：

“阿公，你说空心菜很便宜，这样划得来吗？”

“划得来，划得来。那是阿公种的。”

父亲坐在小板凳上拣菜，只是掐去枯叶，梗都不丢，动作粗犷也不怎么仔细。他对着孙子说话：

我的阿母小时候在宜兰员山种一大片菜园，蕹菜也是种很多。那时候家里穷，吃过别人家的肉丝炒蕹菜，就炒着要阿母炒一次看看。阿母坚持说，加了太多料就不是空心菜了。空心菜啊，空心就是虚心，虚心才会努力，心空才能容物。吃空心菜是吃它的精神，不然哪有好吃？空心心空就是空心菜的精神啦！吃原味才吃得到精神。这是我阿母穷的哲学。

我阿母还教我们，蕹菜不是只能吃，它在秋天开花，西风起，天凉时，菜畦边就会开出漏斗形的白花，浑圆五瓣，花貌大方，形状优雅，它和甘薯花、牵牛花一样，看久了你就能看得出它的单纯、它的圣洁。

前些日子，秋气萧萧，回到三星老家，往菜园子里望去，还是六块齐齐整整、长长的菜畦。别人家的菜种得不搭不七（零零落落），我们家小而美，特别是空心菜油绿绿的，迎风吹拂，舞得特别曼波，青得特别翠玉。

母亲说："咱们田里基肥多，它自然就长得这么好。"

我说："妈，吃不了那么多，就不要种那么多……"

"你爸爱吃，就多种一些。"想了一下："吃不完可以给厝边头尾吃。"

父亲已经去世多年，我年近花甲，医生说我胆固醇高、尿酸高、血压高，要吃清淡一点，不能再大鱼大肉大块吃。雪隧方便，换我三不五时回老家，摘取妈妈亲自种的空心菜。决定多吃青菜，自己学着自己炒。

儿子说："自助餐的空心菜，蒜头细碎，味道好耶！"

我说："我喜欢爆焦的蒜头味，那是我父亲的味道。"

儿子说："有人说空心菜炒豆腐乳是台湾小吃一绝。"

我说："这是你阿公的古早味，清香淡远，最好吃。"

两三颗蒜头捣碎，爆香，热火快炒几回，起锅前，盐巴几许，酒淋上几滴，就是溜溜爽爽的"清炒空心菜"。端上桌，空心有容的青绿映在眼前。

那一年一大早，朝曦初起，父亲小心翼翼炒空心菜的情景，一幕一幕涌上心头，父亲紧实的心填满了空心菜。喀嗤喀嗤，吃起来清脆可口，没有比空心菜更有滋味的了。

空心菜它“贱”，长得多，容易取；长得快，容易活。空心菜，“空心”，是贫寒人家内修的指标，吃空心菜是吃它的精神。先祖妣对先父的教诲，一直代代相传。空心菜穷的哲学与贱的生机，是我们学生学活的象征。

物以稀为贵，“稀”，顶多够得上是奇货，稀、少、罕，凭什么就可以贵？这样没道理。同样是地上长的东西，多了，庄脚人就叫作贱。蕃薯、土豆满地都是，贱；菜瓜、苦瓜、瓠仔，长满藤架，贱；西瓜、南瓜、冬瓜漫越地表，贱；皇宫菜、地瓜叶、过猫、黑鬼仔菜（龙葵），野生不尽，随地可拾，贱。

贱的东西容易活，所以满地都是。但贱的东西却是上苍赐给人间万有最养生的食物。愈多、愈普遍、愈不起眼、愈容易活的食材，对人愈健康。因为容易活，所以特别多，老农夫早就明白了。上苍要照顾天下苍生，祂自然而然给了最容易活、最贱、最多的食物。我们不要暴殄天物，更要珍惜“贱物”的高营养素，只有“贱民”才吃得到“贱物”，上天多么爱您，不要不知好歹。

贱的东西容易活，所以乡下人取名字都取“贱名”，罔腰、罔市、番婆、鸡屎、鸭屎、水沟、田土、土水、丙丁、黑牛……愈贱愈好，愈好养，愈容易活。

出身富贵恐怕不如出身寒微，从小吃得了苦，基本功蹲得好，骨头硬就像个人。“贱”，多能鄙事，庶民也；“贵”，不多能鄙事，士大夫也。孔子说：“吾少也贱，故多能鄙事。”他傲骨得很。“贱”有什么不好？

总是按呢

老师说："吾不如老农，我也是晋惠帝啊！"

他难得这么自我调侃地笑着。

说起来，"阿祖"是个老烟枪，右手食指和中指间是烟记，褐褐黄黄了七八十年。记得他老人家一天总要两包红烟。有别于一般"瘾"士，下田时他不抽，上柑仔园时他不抽。只在长椅条独坐时，一根一根地烧，憨实地沉思，久久会吸上一口。晚上就寝前，坐在蚊帐外，这种最劣等的吉祥牌香烟，还是一根一根地燃，静静地冥思着。

从小跟老曾祖父睡到大，他没什么赘余的话说。活了九十三岁，他身上只有殷实老叟的形影，一问三不知。所以我的古早知识不广，宝山只是宝山，挖不出来。问他话，他只有："总是按呢，总是按呢。"

小时候，我在水田边长大，田水冷吱吱，天打曝（天亮）

阿祖就吆喝我巡田水。从会走路起，我就跟着右肩扛着锄头的阿祖，从屋后巡到铁枝路边，胡乱哼着“透早就出门，天色渐渐光……”出门，水田是他的王国。开了篱笆的门，这会儿他话就多了：“田水若干，就要引水入田。田水若满，就要用锄头锄个缺口，让下一区田接着用，让田水保持三分自然流淌。田字一区四块，水要公家食，水要轮着流……”

春天春寒料峭，田水清冷；夏季水涨难消，田水烧冷；秋日秋水瑟瑟，田水霜冷；穷冬寒风刺面，田水冰冷。只要是田水，感觉都是冷吱吱，我不喜欢落田（下田）。下了田，我不问，都是他说，我只是“喔喔喔”虚应着。

我想问的，他的回答全是：“总是按呢，总是按呢。”跟我的“喔喔喔”差不多！我说：“老师说鸡的精神真伟大！阿祖，鸡公哪会透早大声啼，一鸣就天下白了？”他笑笑：“总是按呢，总是按呢啊。”

我说：“老师讲蜻蜓点水真水呢！阿祖，田婴（蜻蜓）点水置创啥（在干么）？”

他笑笑：“总是按呢，总是按呢啊。”

我说：“老师说松仔树、扁柏常青，气节真高尚，为什么呢？”

他还是笑笑：“总是按呢，总是按呢啊。”

“阿祖，你不能每次都‘总是按呢，总是按呢啊’。这样我都不会啊！”

“自己静下心来看来听来想，你就什么都懂了。自然就是自然，总是按呢啊。”

一根红烟燃着，烟烬欲落。

约莫四十年前，在台北市温州街附近的天德黉舍从毓老师学习中国经典。一次偶然的机会，我提及家曾祖父是个佃农，老师很感兴趣，约了就去。记得毓老师到三星见我曾祖父，那是一个夏天，曾祖父肩膀正扛着锄头，一脚踏上稻埕，老师与我站在丝瓜棚边，我那曾祖父老农夫发出笑呵呵的欢迎声。

“真好真好，老师你也这么老喔！”

一个很老的老农夫，跟一个刚开始老的毓老师，初见面，算得上相见欢。从稻埕边放眼望去，金黄黄的稻浪轻柔地婆娑起舞。老师面露陶醉的神情，手捋着花白的胡须，十分开心。老师特别喜欢和乡下人说话，他对着我的老曾祖父说：

“欧吉桑，稻子种得很水喔！”“总是按呢啊！”

“欧吉桑，做田会甘苦吗？”“总是按呢啊！”

“欧吉桑，刈稻仔会痒吗？”“总是按呢啊！”

“欧吉桑，吃青菜真健康喔？”“总是按呢啊！”

“欧吉桑，做农人身体好喔？”“总是按呢啊！”

热情有余，对答不流。这大概是闯荡大江南北、五湖四海，出入大清宫禁、壮游名山大川，睿智英敏的毓老师，一生中难得艰难的一刻。我这个翻译官更冏。

我有点尴尬地说：“阿祖你总是按呢，总是按呢，有讲等于没讲啊！”

阿祖说：“老师他怎么会知道？不是什么代志都用问就会知道啊！”

吃完饭后，送老师上车之前，老师说：“老农夫特别诚笃敦厚。”

送走老师以后，还有三句话清清楚楚记在我脑海里。

老师说：“明进啊！你看，学问并非都是问来的，自觉才是真学问。”

老师说：“吾不如老农，我也是晋惠帝啊！”他难得这么自我调侃地笑着。

老师说：“吾不知老农，每个农夫都是哲学家啊！”

一问三不知，“总是按呢阿祖”，就这样成了哲学家，这是毓老师封的。

曾祖父也不是什么都是“总是按呢”，跟庄稼有关的，他教

得可勤呢！

“刈稻仔要正脚提向前，左脚置后。左手握紧四把稻仔丛，正手的镰刀顺势从外往内刈，呈弧形状，这个要领真要紧……若是先出左脚，就会割到自己的脚……”

阿祖双脚蹲稳站定，眼神盯着我，要我“一伏一仰如波浪，才会省力。镰刀柄要抓紧向内靠，不伤自己，不伤别人”。

这是他水田世界的专业，有机会他就仔细地说，深怕我漏听了。

小时候，每天大清早我和查甫祖、查某祖两个阿祖一起起床，我负责清理大灶的灰烬，然后起火，好让查某祖大鼎煮饭。接着放完鸡，我的庄稼事就了了。我喜欢蹲在田埂边，等着朝曦，等着破晓，学阿祖沉思。公鸡是王，清亮的喔喔声一鸣，后妃们就一个个醒来了。公鸡的王国很热闹，公鸡和母鸡相爱，先是皇后然后贵妃接着是嫔妃们，其他的宫女就只能拿着秋扇扑流萤了，看得出窝在一旁的宫女穷极无聊。就这样，一天又一天，不断地天亮，有一天我就懂了。总是按呢，总是按呢啊。

除了田里的事他讲得起劲以外，还有就是说到关公的“义气”、土地公的“有求必应”、观音大士的“慈悲”等等天顶的大人物，这些历史上的忠义故事，他会一遍又一遍地说。当他讲到激动处，老人的油味就阵阵袭来，红烟味烘焙着油垢味，烟味、老人味，分分明明，这是阿祖的味。老人古人应该都是这种古早味，从小我就认定这样，一直到今天，每当看到或想到任何神祇，我也会一起想到阿祖油油的古早味，那是慈祥的老人味。

印象中阿祖喜欢走路，两块钱换三公里的路程，他都不肯花。走啊走啊走啊！每逢周日，我就得跟阿祖从三星出发，手提着三公升装放了几勺盐的白开水，一路跟着“总是按呢阿祖”往靠近“牛斗”的“清水湖”走，那里有我们一块柑仔园。我跟他走着走着，走了十几年的周日。

有一年，元宵过后，全家上山采收桶柑，整个园子千树有橘，澄黄一片。阿祖对我说：“柑仔落叶在冬末初春，就是这个时阵。老叶掉落的同时，新叶也相继长出，不详细看，看不出来。松仔和扁柏也是如此，它们都在春天落叶。天寒松柏常青，落旧叶同时长新叶，总是按呢啊！”

“阿祖，你这么爱吃饭皮（锅巴），是饭皮很有营养喔？或者是很香？或者是古早人勤俭？”

“不是按呢！”点了一根红烟，接着说：“我细汉无老爸……”停了一下，他又从头说起：“我细汉无老爸，赶鸭阵的阿伯、阿叔可怜我，叫我帮忙看鸭仔阵，顾我三顿（给我一天三餐），阮阿母真欢喜……我五岁就吃人家给我的饭皮，虽然粗涩、碍胃、苦硬，但是饭皮特别香、特别好吃，那是吃饱的滋味。别的孩子都吃番薯签，哪有每天吃饭的？”

“喔喔喔……”我频频点头。

“我细汉无老爸，三岁时，我老爸的头就被日本人当作土匪砍了。日本人真可恶，我的老母说伊是冤枉的，被人陷害的……”难得声音高亢，激动的脸红了起来。

“我会食烟，是赶水鸭的阿伯忙碌工作时，要我帮他拿烟，这样拿着拿着，约莫十来岁，自己也就抽了。这八九十年来，我都是手提着烟，想我的人生，想啊想，想啊想，想没有什么结果……人的命总是按呢，总是按呢啦！”

“该你自己学的，你要自己体会，人生的学问不是只有问来的，人生总是按呢。做田有天理，天给咱多少，咱就有多少；做人有义理，天给我们多少，良心就有多少。大自然就是咱的先生，山啦、水啦、云啦、日头啦、雨啦、雀鸟啦、稻子啦、泥鳅啦、蚯蚓啦……拢是咱的先生，睁足看（睁大眼睛看），你就看有了！人生都是自然如此，总是按呢啦。”

“总是按呢阿祖”在我到建中应聘前半年故去了，“总是按呢”的不诲之教，“总是按呢”的人生思索，一根烟燃了多少辛酸，那没有特别吞吐的红烟味，和历尽人生的老人味，总是叫我怀念。

他走了以后数日，我偷偷地在蚊帐内努力地吸、拼命地闻——“总是按呢阿祖”留下的吉祥红烟味、古早的老人味，以及“总是按呢阿祖”回绕在空中的沧桑声。

这里有我和两个阿祖共床十八年的符号。

四十年过去，我的老人味怕也将来了。人生总是按呢，总是按呢啦……

天，天然而然，总是按呢，顺其天然，神妙在其中。

人，自然而然，总是按呢，不用强求，明德在其中。

四十年过去了，烟味、老人味，全闻在我的记忆里。难忘的味道，难忘的“总是按呢，总是按呢”，慈祥自是一种芬芳。

旁人都说：“学问学问，学问不都是问来的！”“路长在嘴上，人生也长在嘴上，勤问，可以省下很多错误与挫折。”那一年，封我曾祖父为哲学家，也是我一生尊敬的毓老师，在一次因材施教的机会教育中，一声铎教如雷鸣——原来哲学在生活中，原来哲学在自然中，原来人生哲学就在我们的寻常日用之中。“吾不如老农”“吾不如老圃”，圣人之教，岂只是谦卑而已。

“该你自己学的，你要自己体会，人生的学问不是只有问来的，人生总是按呢。做田有天理，天给咱多少，咱就有多少；做人有义理，天给我们多少，良心就有多少。”

老人家的人生哲理莫非是从顺天知命而来的？大自然真是一部伟大的书，取之不竭，用之不尽啊！

好一个“大自然就是咱的先生，山啦、水啦、云啦、日头啦、雨啦、雀鸟啦、稻子啦、泥鳅啦、蚯蚓啦……拢是咱的先生，睁足看，你就看有了！……”

人生都是自然如此，如此自然，总是按呢，总是按呢啦。

学　“生”

“她很会教我活，可是她自己都没好好活过。”

十几年前，刚接高二新班级，有一位学生开学没来，手伤，请了一个礼拜假。第二周全校升旗，“甄经典”和他妈在走廊上等我，没有医生证明，妈妈恳求准予病假，聊了一阵。“经典”示弱，头垂了下来。唱国歌，话题暂停，我看着陌生的“经典”，右手腕绑着绷带，十分齐整，没有优碘味，十分苍白。妈妈借机跟我咬耳朵，说他“喜欢一位女生，人家不理他，他自残。没用的东西……请老师给他开导开导”。母亲啜泣。

（直觉想到好友告诉我的小八卦，一位建中学生为她女儿割腕。会是他吗？）

送走了他娘，我请他到办公室，要他打开绷带，我看看。他闻言先是愣了一下，脸红一阵。原来右手臂离手掌十厘米处，画了一道伤。

“你惯用左手？”

“不，是右手。”他摇头，疑惑。

“左手割右手，你没真要自残嘛！想博得女生同情，女生也没理你啊，只是伤了你老母的心。你有没有瞧不起这样的行为？为了一个不喜欢你的人，出此下策，你不是真男人。多少人想活活不成，你这样玩弄生命……”

他的表情从有点不屑，转为不安。布满血丝的杏眼，惭愧得泛红起来。

“……是……是……是……”

“明天把事件过程写一份报告给我，条列式就行。老师话说得重，是希望你脑子灵光一点。人不只是为自己活而已，自残，太懦弱了。……”

“……嗯……嗯……嗯……”

“经典，学着怎么活。死很容易，活得好很难；但是活着是责任，活着才能感觉一切。我思故我在，我在故我思啊。”

我仔细看了“经典”的报告。天啊！果然没错，女主角竟然是好友的独生女——小薇，读一所高职餐饮科，已取得丙级证照。除了课业之外，什么都好。高一在建中校庆舞会中邂逅，“经典”看到她，展开热烈追求。没多久，小薇就不理他了。沸点碰到冰点，十分不幸。

小薇的母亲病了一段时间，要我了解、关切，并促成这一桩美事。她当年就是太高傲，失去了建中的男朋友。小薇不这么想，根本没感觉，干么千里一线牵呢？我们跟建中不同路！母女还为此吵了一阵。

我在“经典”的补交周记上写了几句话：

“梵高说：‘在这薄情的世界，愿你深情地活着。’林老先生说：‘你多情的种子，要找到适当的泥土。’天下不是你一个人的，你热情，并不代表别人就要跟着你燃烧。投缘就有缘，缘未到，等待，也有圆缘的可能。法律没有规定，建中生可以想要月亮，别人就要摘下来给你。”

癌症折腾了一段时间后，我的好友变亡友。

办完她娘的丧事。有一天，读大三的小薇给了我一通简讯：“准备负笈海外深造，林老师我们聚个会，向您老人家辞行。”

我乐呵呵答应了。

一路看着她长大，可怜的妈留下可怜的她。她说她不可怜，可怜的是她娘。看来她是长大了。在这里，从小到大，学业不理想，换个学习环境，出去重新打造，也许是新生的开始，听她娘的话是对的。

记得有一回，我奉亡友之命请她吃饭谈升学考试，但其实我们没多谈功课，我们谈法国菜、谈披萨、谈火锅、谈生啤酒……我谈吃比谈学问精彩，她听吃比听读书快活。虚应她的亡母我的亡友，是那一晚我们最痛快也是最难忘的违背。原来人生只要不谈严肃的事，都是美丽的夜晚。

我们在法国餐厅一坐就是三个多小时，氛围很好，谈话内容反而显得单调拘谨，也许出远门本身就是严谨的开始。我答应她母亲要像个亲人一样照顾她，叮咛只是一种最简易的关心。

“林老师，你知道我母亲绷得太紧，我们母女关系一直很糟。”

“小薇，你母亲要求你很高，是因为她非常杰出。我知道你在母亲身边吃了很多苦，她没法了解书读不好的心情。她出道很早，从年轻起就是响当当的人物。十几年来，她风靡海峡两岸。大江南北有她的余音绕梁，偏远山区有她的爱心脚印；比北方更北的哈尔滨，比南方更南的海南岛，都有她的绝唱。”

“她很会教我活，可是她自己都没好好活过。”

“她追求完美，却活得苦闷。人人知道她是强者，却不知道她也十分脆弱。你母亲失败了两场婚姻，你也经历了两个家庭。她说巨蟹座的女人最爱家，可是你母亲要不到平常人拥有的幸福。”

“我最对不起她的，就是我不会读书。最聪明的女人生了最笨的女儿……”

“你现在要单飞了，就应该知道她的盲点。有时候不会读书比较快乐，有时候找到位置才会找到价值。你要去美国深造餐饮管理，就是最合适的选择。她活得苦，你不必跟她一样；她活得很努力，你要奉为圭臬。”

“她常常说：‘我超越了我自己。’”

“嗯，是她的自豪，也是她的孤独。”

“她很满意自己，也很失落。”

“嗯，我曾经告诉她：欣赏你的人很多，爱你的人很少……她哭了……”小薇也鼻酸眼红，哭了。

“走的前一天，妈说：‘我潇洒挥挥衣袖，全然不必为我伤感。’我哭得唏哩哗啦……”小薇鼻涕擤个没完。

“这倒是她的真性情，活得很自己，也很率直。”

“将来你找丈夫，眼睛要亮一点，你妈妈这部分她给自己很低分。选丈夫，要选有肩膀，要大器……”我看她还在抽抽搐搐，便换个话题。

“老师，我去年跟‘甄经典’又走得近了……”鼻尖还红红地，却腼腆地笑了。

“真的，假的？你妈知道吗？这种会自残的，你也敢要？”

“妈一直都不知道。你调教两年，他不一样了。本来今天想约他来，他怕你。”

“真是失败！他不是台大电机的吗？出国前叫他见我一趟。哈哈哈……”

“老师，我程度差，我想问你：你在我妈‘活的告别式’中念的那几句是什么意思？”

“哪个跟哪个？”

“一滴情水可以哭成一片江湖，一口白干可以喝尽一壶乾坤，一声嗟叹可以鹤唳一部青史，一道眼光可以燃起一派日月。运气这一章，天命怎么这么粗鲁，竟把一场绝响，遗忘在空谷……”她拿出小抄，照着念。

“就是‘一种典故’嘛，那个题目是你妈出的。我胡诌，她说好就好了。哈哈哈……这别问这别问，我也不知道，我也忘了。”

结束之前，她说只带一件母亲最后的遗物到美国，缓缓地拿出放在桌上，十分袖珍，我心头莫名地颤动。

亡友癌末期间，我去荣总医院探视她。我做了两件事，第一件是我主动说的话。

我说：“日子不多，你希望我帮你做什么？”泪水从她干瘪的脸缓缓流下。

她说："我喜欢听，喜欢你这样说，你还真算是我的哥们儿。别人都是千篇一律地安慰，你不一样，这好这好！怀念我就好……可以的话，帮我女儿规划学业、事业、嫁人……"我偷笑，她偷哭。

第二件是她要我留言，这是她的习惯，写什么都行。往前翻，名人夫妇、艺术家、书法家、小说家……洋洋大观，应有尽有。大家都像写作文一样，总认为写得多就是好，也许也深怕写得少对不起自己，也许也怕没机会再写了。

我小气，只写了两个字：学"生"。她笑了。

"学着活吗？真亏你还想得出来！"

"但是很痛，真的叫痛入骨髓，你看肚子鼓成这样。"皱着眉头她指着肚子说。

"这个时候，你要认真活给你女儿看，她看得懂的。"

挥挥手，我一定再来。

她说："有空再来！"没想到这竟是最后一面。

小薇将镶红木的金牌打开，上面镌刻着她妈妈颤抖的两个大字："学生"。上款："建中一叟题"，下款："妈妈遗书"。她说

这是她母亲病榻上最后教诲的遗音，“学生”，我会永远做到、做好。

我说老夫送你回去，她不肯，坚持自己走回家，说十分钟就到了。我说现在这么晚了，治安又不理想，如果你真的这样一个人走回家，一个婀娜多姿的辣妹，一路上都畅通无阻，啥事也没出，会很丢脸呢！

她说：“学生，学生，学生……拜拜！”俏皮做个鬼脸，看不出刚刚哭了一场。

在比名牌、比名校、比名利富贵的庸俗价值中，有多少人能逃离这个巨大的漩涡。人人都知道“勇敢做自己”是简单的信念，也是普世的价值，念起来尤其慷慨激昂。可是比学历还是比能力？比实力还是比机会？这些都常常成为我们怨怼的理由。活在人间要怎么活？学生究竟要怎么学？一生的基本信念要学会什么？很多人都想过，却很少人去深思熟虑。

亲情可以享受骨肉至爱，可是很多人跌入父子反目、母子疏离的阴影；友情可以好到刎颈之交，可是很多人没领略志同道合的满足；爱情可以永浴爱河，可是很多人没有兑现“执子之手，与子偕老”的誓约。不要以为幸福在远方，在可以追逐的未来。那些你曾经握过的手，那些你曾经唱过的歌，那些你曾经流过的泪，那些你曾经爱过的人，所谓的曾经，就是幸福。

不是每个人都能长命百岁，可是我们可以精彩人生啊；不是每个人都能叱咤风云，可是我们可以安身立命啊；不是每个人都能飞黄腾达，可是我们可以宁静淡泊啊。学“生”是一生的作业，每个人都可以拿自己的妙笔，创造不同的美丽。

晚　归

他是你们的老爸，回来就好，替你们的妈妈好好为他哭，好好地哭，大声地哭。

建中学校日，南海路有如大拜拜，人挤人，车挤车。进入建中广场圆环边，家长们总会昂首看一看眼前斑剥的老建筑，心里头暗暗以儿子为荣。

灯火通明，哥德拜占庭风格的红楼，苍劲地立在多人朝圣的夜晚，耀眼、宏伟、鲜红的外观透出古朴的风味。虽然操场早已沙漠变绿洲，很多人仍愿意想象红楼在风尘飞扬中的矍铄，骆驼在沙漠中驮行的坚毅，驼客“有笔有书有肝胆，亦狂亦侠亦温文”的风骨。

建中红楼的穿堂，乍见初中同学。四十几年不见，她幺儿考上建中，还刚好在我任教的班级，学校日正是寻亲觅友时，天下竟有这么巧的事！我们双手紧握，全忘了当年初中导师说的“男女授受不亲”的班规。四十五年是怎么样的岁月？很难说也不用说。当年髫童书香游戏时，瞧瞧现在，换取满头白发鬓毛稀。

“阿明仔，阮不结仔子（不成材的儿子）就交给你了，要给他教好喔！”

“一定一定！”

七点登场，她坐在隔壁班靠窗第三个位子她儿子的座位上，跟我挥手致意。

初中时代，傍晚时分我经常要送南北什货到她廿几户家族的小聚落。她家在“破布乌”田间庄头，半米大小的田岸路，忽上忽下又蜿蜒曲折，很颠踬难驶。骑着脚踏车，我经常撞进水田，青秧见到我都觳觫不已。尤其是急低急高还要穿越板桥那一段，好几次我连人带车掉落木板桥下的小溪，吓坏了消暑的水牛。去她家，她都躲起来，羞颜未尝开。等我走了才探头出来。现在，一个老翁，一个老妪，大大方方话起家常。

“阿娥仔姨，豆油一打，这是送的碗。”然后回收空瓶。

她们家是个神秘家庭，一个妈妈养五个小孩。爸爸不在，她母亲很亲切，遇人不淑，第五个小孩尚在襁褓中，先生离家到台北打拼。这位坚强的母亲，每天打零工维生。当年私奔，自己愿意承担。孩子的爹却一去不回，听说入豪门为婿，听说犯罪入狱，听说精神病住松山疗养院……种种传言不一而足。起初还定期寄钱回来，一年半后就无声无息，一毛钱也没寄回家。她为了跟婆婆赌一口气，当年起码的婚也没结成，却硬着骨头住进他男人的村庄，半生忍受冷嘲热讽。

等了三十年，等出了怨，等出了恨，等出了仇。唯一的女儿是老夫同学，我老母述说了这段悲惨的家庭故事。说一个女人的痴心，她望田倚柴扉；说一个女人的决心，她蓬门为君开。一个女人等了三十年，三十年一缸泪。失望，靠真心的希望等待。绝望，靠养家的责任求生。

回想我老母十几年前说的这个故事，这位同学妈妈的遭遇。难熬的悲苦，都是阿娥仔姨对我母亲说的心酸事。所以，同学家的账，赊了三十年，“通簿”犹存。等到这位女人过世，还有不少永远没还的旧账。妈妈告诫不能说，不可以讨，这女人太苦了。面对阿娥仔姨的外孙，必须隐去人伦不幸的故事情节，我们换个方式来领会这坚强女人的心。王维的《山中送别》，太像她最后相送的一段苦情。今晚，我借文人的诗，只捕捉那一送的凄凉，凝炼这段痴情，代替她浮生的失落与难堪，并且纪念这位村妇坚毅的一生。女人能吃的苦，男人未必能吃。女人决定的心，男人未必能解。男人坏四十开外，阿娥仔姨的尪，离开村子时正好四十岁。悲恸的残忍，最后再告诉你。

情感的发酵，往往是靠着时间来熬煮。时间是生命无奈的救赎，等待是望不到尽头的痴迷。柴扉是感情的门，日出日落，开开阖阖。门开，日出，把希望等成了西斜的余晖。门掩，日暮，将美丽等成了春草的遗忘。

夕落，凄凉，也漆黑了心头的光。

送自己的男人离家去台北，是过去一段难舍的印记。走出大山的人，可以冠冕堂皇地走向希望。留在山里的人，从第一个送别的落日起，也倚着希望的心在默数柴门的咿咿喔喔。

三星车站相送罢。

那一“罢”，藏去了满山的话别依依、流眄不舍；那一“罢”，脱卸了多少个别饯离亭、柳条梅枝。没有婚约，没有叮咛，没有泪抛，没有泣声。一个“罢”字，概括该有的男女私情，也忍住了酸泪的高潮。

送别该有的情调，全在时序的跳脱中湮灭。最难排遣的离恨，原原本本携回“柴扉”，自个儿慢慢地挪，轻轻地掩。愈淡愈难，愈简愈苦，愈涓细愈是波澜。等待的山深、云深、情深，等的是绿色的春临。太淡太定所成就的梦，悲惨凄苦都难抵。现实的生活必须实际奋斗，擦干眼泪，阿娥仔姨要为五个孩子而活，要有强大的求生韧力。

清寂的幽山，它要费多么大的劲儿才能让柴扉缓缓推抵难挡的夕色。门虚掩了，山清静了，星子在流动。最后一道“嘎嘎”声息，门内的阿娥仔姨，心也默默地掩藏。那一掩，把隐隐的幽闷又藏向沁湿的衾被中。

明年春草又会再绿满大山。春声春色，会再怜人。春意春情，会再喧心。春绿的帷幕是可以预期的。对于阿娥仔姨来说，男人的归与不归，却是个未知数。难以逆料的会面，只能在无边无涯的等待中枯萎。

轻掩柴扉，火红的落日看尽，视野是阿娥仔姨每天的眺望。春草年年绿，是可以预期的春盼。然而等待的人，却未必能归来。说不尽的孤独，等不完的寂寞，统统要氤氲在山中，岚来雾去。山幽无法淡定，来去不定的云。岂能泰然自若？她的男人盘桓台北，久去忘返而大叹其未归，是惊悟的悸动。男人游兮不归，春草萋萋，这种等待警觉得太晚，柴门一开一掩就是三十年，那要有多少叹息呢？

三十年的时光，可能很短；三十年的离恨，一定很长。村子这位一直没有名分的女人，茹苦含辛鞠养五个私生子长大。他们都知道爸爸早就死了，只有这样说，妈妈才有力量活下去。

三十年后，他们的爸爸回来了。生意失败，妻离子散，带着当年的旧皮箱，他光溜溜地回来了。

“拜托！”亲戚们央求让病重老弱的他回家。

“免讲！”那女人说，孩子的父亲早就不在了。

不准给我进家门，是对宗亲的宣告；不准给我叫老爸，是对骨肉的区隔。

“哪一个人认他做老爸，我就不认你！”那女人坚决表态。

孩子的爸爸，就这样借住叔父家，每天看着自己的家门、家人们。爸爸的孩子，就这样缝紧自己的嘴，每天望着自己不能叫的老爸。

三十年不容易，过去了。六个月很难熬，结束了。有一天，同学的父亲，急性心肌梗塞走了。孩子的母亲，命令他的孩子们哭，好好地哭，大声地哭。

“他没出息，苦了六个月，忍不住就走了。我原谅他，却捱了三十年。他是你们的老爸，回来就好，替你们的妈妈好好为他哭。好好立个灵位给你老爸，照规矩来。他是你们的父亲，你们不是私生子。”

一个男人的故事结束。

一个女人的爱情未灭。

听说，人前她没掉一滴眼泪。

同学——

欢迎你的孩子来建中，我会好好调教他，等他毕业，我再退休。他外公的故事，我们让它烟消雾散，绝口不提；他外婆的刚毅艰辛，我们要让它慈晖普照，懿德流芳。

红楼穿堂的灯，很荧煌。

我们同窗的情，很灿烂。

在古意盎然的校园乍见老同学，忽然间有好多话想说，可是就唯独他晚归的父亲这档事，不可说，不方便说，万万不能说。

王维的《山中送别》，方才送别，已经深盼，是清冷的无奈。春草明年绿，王孙归不归？这种等待渲染得太早，心苦。最苦的是该在惨别黯然地问君归不归。阿娥仔姨一直含在心口，所以转身就沉重见底，这一问，没想到就苦等了三十年。那“掩柴扉”的日暮，来不及酝酿的闺怨，已经贴在门闩之上。你可以想见山中送君层层叠叠的“罢”心，会是多深沉的喟叹！

阿娥仔姨她自认为不必长年独守空闺，她自以为一年半载可以消忧。明年春草绿时——她偷偷问他的男人，也低声地问一问她自己。黯然销魂的揪心，她心里头明白给他的只有一年的守候！再来就有说不出的难熬了。该饮泣、该娇嗔、该婉约、该打勾勾的弱女情节，全收在囊橐的袋子里，捆得紧紧的，像紧抿的唇。

柴扉掩于暮落，山里人离思方深，这是真切的。落日、春草、王孙，只是简单的场景。看来人不如山，人不如草，柴扉里的女人十分焦急。春来染绿，是云天的风景，看来不是归与不归的问题。掩不住柴门，阿娥仔姨清楚；掩不住心门，她的良人不知。

六 学生生不息的使命

给阿嬷的五封信

阿嬷，有一天我若没法度跟您挥手时，您一定要目屎擦擦就好。

建中奖学金审查委员会在红楼二楼会议室召开，一个很寻常的会，中午开得如火如荼。

“我特别要提出一个个案，刘耀宗，他高一是我班学生，家庭遭遇重大变故，去年我们‘林女士纪念奖学金’提供一个名额一万元，辅导室、学务处能提供的急难救助，学校都争取给他了。感谢大家，让他度过难关。现在他的阿嬷腿伤不能赚钱，面临辍学的危机，他成绩虽然只有中等，但我希望今年仍能给他最高额奖学金的机会。”图书馆主任热烈地发言。

我是刘耀宗高二的语文老师。这项“林女士纪念奖学金”，以清寒为对象，每年有十个名额，每名一万元。正好是我的老学生提供，我代表审查资格。

“其他十个照审，今年追加十万，特别给他。”我做主。

十几年过去了，记得当年他拿到这一大笔奖助学金时紧抿的嘴唇，看得出他压抑下的焦灼。那一闪而过的画面，久久难忘，一直在我的记忆里抽搐。像红楼任何一个角落都找得到的斑剥，刘耀宗的印记，烙在“今日我以建中为荣，明日建中以我为荣”十六个大字的楼梯转角间，那一幕，我握着他的手。

阿嬷逢人就说，考上建中是刘家最大的光彩，默默无闻的荒村野巷，那一年初中校门口贴了红榜，一个建中、一个北一女。村子里从年轻一直守寡的阿嬷喜出望外，告诉阿孙仔，你要光宗耀祖，阿嬷认真掘笋仔，给你出国读博士。

阿嬷是苦命的人，耀宗阿公在矿坑做班长。三四十年前矿坑爆炸，他阿公落坑去救人，丧了命，团仔未出世她就守寡了。怎么说都说不尽的茹苦含辛，她把遗腹子一寸一寸拉拔长大，娶某生子。可是啊，上天的磨难，真是曷其有极！阿嬷才庆幸刘家有后，儿子媳妇却在耀宗高中联招放榜前一场车祸意外中双双亡故。阿嬷挺着腰说：“免烦恼，耀宗、耀家，阿嬷不会让你们两个孙子饿肚子。”

大孙上了建中，五月到九月以外，没笋仔可掘的日子，阿嬷帮白鸡山边的土鸡城洗碗，耀宗他有空就去速食店打工。祖孙三人，刻苦克难，忙碌中有幸福。当春笋如潮，阿嬷每天天未破晓就上山掘笋仔了。

“耀宗啊，笋仔粥在电锅，肉松在冰箱，蛋煎好了……”

“天还未光啦！让我睡啦，阿嬷啊。每天都这样，真吵呢……”

“天若光，笋婴仔出土，笋仔就苦了……。”阿嬷仍喃喃自语着。

每天都是这样开始的，阿嬷就是阿嬷，想要做个慈祥的阿嬷，就是永远要那几句话翻来又覆去。

不幸的事来了。有一天露水重，阿嬷掘笋仔时，不慎滑落坎脚，髋关节受损。看了几回诊，病情没有减轻，邮政医院的医师建议置换人工髋关节。拖了一段时间，耀宗准备休学，奖助学金十万元让他改变了主意。

“老师帮我转告学长，将来有能力，我一定回馈社会。”他抿着嘴。

上了大学，耀宗功课优异，每学期拿书卷奖，他定期定额捐钱。后来，帮他度过难关的老学长让他到公司打工。阿嬷换了髋关节，又能上山掘笋仔了。

“掘多少，算多少。”假日，弟弟耀家陪着阿嬷上山，日子又好起来了。

大三上，教师节前夕，秋阳如虎，他回建中看老师们。

“谢谢老师一路照顾我，我已经大三了。嗯，可是我得了白血病。”

“怎会这样！什么时候发现的？”

“半年多前，主治医师建议我做骨髓移植，弟弟血液跟我兜不起来。慈济大林医院，帮我基因配对成功，一口气找到三个骨髓捐赠者。”

“哦，那还好，那还好。成功率呢？”

“可以很高，也可以很低。直系血亲比较稳定，排斥少。医生说风险高，但是没试就没机会，一旦变成急性，就完全没希望了。我得的是慢性骨髓白血病，骨髓再生不良型……”

“什么时候做？”

“明年春天。”

第一周

台大医院骨髓移植病房在 D 栋 3 楼，耀宗进行化疗与骨髓移植，限制隔离，病床在窗边，连续高剂量化疗七天，只是吃药，好细胞坏细胞一起杀；接着像输血一般，连续两天进行干细胞移植；最后等待红血球、白血球、血小板慢慢再生。

白血球很快再生到八千，十分顺利。阿嬷、耀家都很高兴。

给阿嬷的第一封信

阿嬷，我的台语无轮转（说不好），很多字拼不出来，耀家会念给您听——

晚春到了，阿嬷咱三峡的笋仔，又要天天掘了。我知道您透早就起床，然后卖给市场的青菜义仔，就赶来医院。望着隔离玻璃窗，面黑黑的阿嬷，好想让您摸摸我的额头。听一听您最常说的："阿……有发烧么？哪无就好……"

阿嬷，我细汉时，您曾经甲我讲，三峡叫作三角涌。咱五寮笋和碧螺春绿茶是三峡的宝贝，笋仔是咱家的特产，阿嬷说这是梨子笋，比梨子甜。小时候没吃过梨子，您说这就是咱三峡的梨子，只要闭着眼睛边吃边想，绿竹笋就像梨子，咬落去会喷汁。阿嬷您真膨风呢！现在味觉迟钝，真想咬一口阿嬷的"梨子"。

第四周

上午护士通知家属，患者感染。下午血压急速下降，进行插管，紧急送入呼吸加护病房。阿嬷晚上十点问值班护士，得到的算是好消息："管子拔掉了，眼睛睁开，好一点了。"

给阿嬷的第二封信

阿嬷，我可能出不了这个移植病房了。未来看不见了，阿嬷现在您的慈爱，是我未来唯一能带走的形影。

与其说您是嫁给了阿公，不如说是嫁给鸢山一片的桐花。

您说桐花像白鹭鸶，白茫茫圣洁一片，伊哦白得真热情，伊哦白得真闹热，一庄一庄开，一庄一庄白，然后笑呵呵飞落来，染得大地银炽炽的。不像菅芒花，黑赭红没几日，然后就是悲凉的嘴须四处摇，沧桑地起飞，咄咄地向天空乱书。

阿嬷可惜您没有读很多书，不然您一定是诗人呢！可是，阿嬷您一生却比菅芒更像菅芒，亮眼很短，寂寞很长。您是我欢喜甘愿做您一世人孙子的好阿嬷。我细汉时，真爱听您边摇着耀家边唱的儿歌《白鹭鸶》，特别是桐花盛开的季节：

白鹭鸶／车畚箕／车到溪仔墘／跌一倒／捡到一仙钱／一仙捡起来好过年／一仙买饼送大姨

白鹭鸶／车粪箕／车到溪仔墘／跌一倒／捡到一仙钱／捡到一仙钱

阿嬷，您也这样唱给我听对不对？明天您哼几句给我听，好吗？

第五周

骨髓移植有了重大变化，耀宗出现强烈的反排斥症状，皮肤相当于三级烫伤。转入烫伤加护病房，没想到再生的白血球宛如得了失忆症，完全没有功能，连最简单的病毒也杀不死。

给阿嬷的第三封信

阿嬷，我身上有很多很小很小的细菌，以很利很利的刀剐着我。不过想到阿嬷辛苦的掘笋仔，就比较不痛了。

阿嬷，您记不记得，那一年轮到我们刘姓杀猪公大拜拜，您叫阿爸印帖子，您说按呢才有请人客的诚意。阿爸照您的意思，并且在上面写了一些诗句：

鸢山下古早的子民／已经彩绘出三角涌的绝代风华

樟脑碧罗春／矿业染坊／老街头西斜的夕照／犹原是粉扑扑褪不去的红晕铅华

古道白桐花／红砖拱廊／长福岩清水祖师庙／依然是坚持慢雕细琢的艺术精华

云烟已袅袅／忠义薄天／历史在散步／三峡在办桌／清水祖师公圣诞／闹热滚滚

正月初八／各位乡寅世交亲戚朋友／请您一起来庙会

阿嬷，您看得很欢喜，当着大家的面说：“你们看，阮子这么有才情。不知你们少年仔生得有这么巧吗？”您是我自信的阿嬷。

阿嬷，哪一天我再也不会醒来了，记得把阿爸的请帖诗，抄一份让我带走。

第六周

才好转没几天，没想到，昨天又挂出病危通知，医讯竟是家属要有心理准备。我进入加护病房探视耀宗，嘴唇以白布包着，细菌正一寸一寸地吞噬他。

“老师，我会康复回家。”他以笔代答，歪歪扭扭的字，无骨无力。接着写道：

“今天比较好。”耀家也得到同样的讯息，大家总算露出难得的笑容。

给阿嬷的第四封信

阿嬷，去年您获颁模范母亲，您鼻头红红地讲：“我嫁给一个有情有义的尪婿，你阿公是救人才死的。伊真伟大，我真甘苦，但是，厝边头尾大家都很尊敬我这个查某人。我嘛也没给他刻亏，给他生一个好子，生得好子比好额（有钱）恰要紧。呵呵呵……”天顶的阿公若知影，一定感觉很骄傲。可惜的是，阿公听不到。更可悲的是，阿爸阿母也返去了。

阿嬷，您是桃园大地主的闺女，有名有望，却甘愿嫁给种笋仔的阿公。天公并无特别疼您，死一个尪，死一个子，搁死一个新妇（媳妇）。您目屎擦一擦，就又上山掘咱刘家掘不完的绿竹笋仔。

“阎王注定三更死，绝不留人过五更。”

您敬天，接受天的安排，无怨天也无怨地，您是我勇敢的阿嬷。

万一，您若知道耀宗好不了了，不能光宗耀祖了，不能读您的博士了，请您要再勇敢一次。

第七周

主治医师召集家属，面色凝重地站在烫伤病房外。

“刘先生的病情不乐观，治愈的机会十分渺茫。”

“我孙子没有放弃，你不可以放弃。不行，不可以！”阿嬷瞪大眼睛说。

“好，最后只能用特效药试试，英国刚研发成功的抗排斥药。药费昂贵，这是唯一的希望，我没有把握……”

“不用考虑费用，考虑救人。”阿嬷坚定地说。

“我必须跟家属说明，病毒和反排斥的治疗不相容。最坏的情况是病毒没治好，反而让反排斥更恶化，那就转机变成更大的危机了，这是搏命！”

给阿嬷的第五封信

阿嬷，我这次入来换骨髓，您天天在透明窗外望我，像我细汉时，叫我返厝吃饭的模样，好清楚的慈颜。今嘛您叫我要勇敢，叫我要像查甫人，叫我要做男子汉。我目屎一直忍住，不敢掉下来。

“阿嬷要靠你！耀宗仔，你要给阿妈靠喔……”

阿嬷，我真对不住您，我的病情愈来愈歹，自从移植第二天，我就知道不对了。可是，我要有孝阿嬷您啊！阿公没做到的，阿爸阿母做无够耶，您的憨孙拢要担起来啊！

阿嬷，您说在生吃一粒豆，恰赢死后拜一粒猪头。可是我连一粒豆都没养过您呢。也许，上天注定要让您更坚强、更伟大，阿嬷，您还有耀家要抚养啊。

阿嬷，有一天我若没法度跟您挥手时，您一定也要目屎擦擦就好，明天日头犹原会从东边升上来。

我手骨无力，字真潦草，请阿嬷原谅。耀家念给您听时，心肝若甘苦，您目屎擦擦就好。我若出山，阿爸那首杀猪公的诗，请耀家念给我听，阿爸也听得到。

阿嬷，再会吧！我会保庇咱的梨子笋掘不完。您一定要听我的苦劝，目屎擦擦就好，阿嬷再见。

五天之后，医生宣告失败，耀宗已昏迷多日，一直往坏的方向走。阿嬷不忍，同意放弃抢救，最后一支强心针打了。

“阿兄，这一支强心针，最好的情况可以维持三十个小时。你已经尽力了，大家都已经尽力了。我要让阿兄明明白白地走！”耀家在他耳边低语。

心跳、血压记录器，标明的数字已经掉到危险指数，呼吸吐气过滤器和原本挂着一二十支的静脉点滴控制器，撤的撤，空的空。

梵唱三叠，佛声不断，病床四周都是饮泣声。阿嬷大哭一阵，然后目屎擦擦，脚手敏捷，就有条不紊地指挥善后。

“耀宗，你已经做神了。来，听阿嬷的话，目睭合起来，所有的病痛都没有了。”阿嬷以她掘笋仔的手掌，顺着他额头往下，轻轻一抹。

“请法师先念脚尾经，这项代志先做……”阿嬷不疾不徐地打着手机。

阿嬷紧紧握着耀家的手走出病房，她特别挺起她的身子，时间三更许。

（本文发表于《联合报》副刊，二〇一五年二月十二日）

巍巍红楼，耀眼而荧亮。她不只是绚烂与壮美，还多了沧桑与慈明。不能光看她建筑的雄伟，你还得要进去游心，才看得出她的“百官之富，宗庙之美”。强哉矫的强光背后，她还闪着一道道温馨的星子。

建中助了耀宗一臂之力，只能算是教育领域一种柔性的温暖。不论城市与乡村，每一所学校、每一位教育从业人员，都默默地并且经常地拉学生一把，这是杏坛的共同志业。

大部分的人在自己的人生之路上都十分努力。有的人成功了，真的是应了“一分耕耘，一分收获”这个真理。可是大部分的人，在成功之前，往往有更多的波折，有更大的困顿，最后铩羽而归的恐怕更多。

生命亦复如是，很多人都想好好地编织亮丽的生命，但是能够圆满、完美、幸福的并不是多数，耀宗就是。话说回来，生命的价值与美丽，就是不怕磨难，接受淬炼，阿嬷就是。人生的可贵与可敬，除了追求生命的美好与亮丽之外，赢得自己才最重要，事实上这也是最容易最简单的差事。一分努力，不见得有一分的成功，不用丧志。不放弃就不算失败，一个不被失败打败的人，就是成功的人。

“目屎擦擦就好”是阿嬷的形象，也是阿嬷的坚韧，更是她最强大的母性。

教官的身影

没说完，单车驰去。留下错愕的我们，和教官长长的身影。

庄敬楼的司令台上，生辅组长苦口婆心地呼唤三楼、四楼的同学赶快下楼。沙漠变绿洲的建中操场，教官们穿梭在各个责任区，笑容可掬地引导学生就定位，请班长站在标示好的位置；四面八方的学生部队向升旗台运动聚拢。百年来老驼客走过的路，尚青的驼客彳彳亍亍，绿意挡不住，那属于漠驼的沙还是扬了起来。

失去飞沙走石的瀚海，还是迷人的“赫赫黉宇，髦士三千”。老夫在这里升了三十几年的旗，这个学期的升旗效率最轻快，节奏最明朗。跟班的实习老师站在我的前头，平头、挺直、肃容，升旗敬礼时右手举臂端正雄直，左手五指伸直并拢，中指贴于裤缝；歌唱得一心一德，高亢昂扬，班上同学也跟着开口大声唱了。他的父亲是军人，也是教官。

“我爸说以前当教官，那可威风八面呢，现在不行了……”实习老师说。

我学生时代的教官，形影一个个浮上来了。黑卒仔、太空猴……真的英挺骠悍，我们又惧又怕。建中校长在台上说小故事，学生坐在绿绿草地上，故事在渲染，很多人在发想，我的思绪回到当年誓师吃拜拜前的那一场降旗典礼……

三月初三帝爷生，是罗东一年一度的大拜拜。降旗典礼，是教官和关公的战争，校长不语。教官不畏俗情，捍卫校规，马革裹尸气豪壮。武圣义薄云天，一把关刀，雨露均沾护黎民。吃拜拜是人情义理，不是杀人放火，去去去！

四十年前的一场降旗典礼风声鹤唳，夕晖在惊悚。司令台军令如山，台下浅浅的嘘声一浪一浪起。偌大的操场，云重草深，训斥穿天，诡谲逼人。第一摊到庄舟家，第二摊到老鼠家，第三摊……七人一组。二组、三组……反情搜，组织严密。台上口沫横飞：“谁不怕，谁倒霉！”台下耳语不绝：“谁怕谁，倒楣谁！”

“穿制服吃拜拜，记小过一次……如果背书包去，加一次小过……做人要有羞耻心，羞耻怎么写？教官都会出动，不要心存侥幸！吃拜拜是破坏校誉，你们给我三思三思。”

春雨微微斜吹，军威晃晃生光。于是，夜幕撒下。天人之战，启程。

那年我高三。

家家户户都准备流水席，就怕没人来吃拜拜。晚春的向暮，夕阳晕红，校门外森严了起来。五位教官各自牵着孔明车，走在各路队前面。放学，像走出集中营，是软硬兼施下的自由。

办桌的人情味，笑声、殷勤声招聚了人气。香气四溢，糟饼、糕渣、西卤肉……冲散了队伍。整个市集、整条街、整个老镇的人民，都是话香、笑香、肉香。

一溜烟间，我与同窗们闯进了热腾腾的屋里。教官盯住了，单车靠路边放妥，他守株待兔。军帽威武着晚霞，军服背对着我们的视线，烫得笔挺的三条线，孔明车像准备辗动的坦克。

庄舟说："爸仔，教官看到了咧，是太空猴啦！"

同窗甲："完蛋了，铁齿仔已经两大两小，惨啰！"

庄爸说："没代志！学校我熟，明早我去讲讲耶就好……"

铁齿仔：“惊啥！还有头城、宜农、苏水可以读。”

庄妈说：“关圣帝君，您要有灵性喔！别被抓……”

庄爸说：“我看按呢好吗？我请伊入来，逗阵吃啦……”

同学都举出手掌，意思是千万不可。

庄妈说：“你是要给他们吓死喔，讲嘿有空没榫（没有实质意义）耶……”

教官透着窗子，锐眼炯炯有神地对吃拜拜的我们扫射。双唇紧紧抿着，双手交叉于胸前，两脚与肩同宽，酷严，像一座好威的铜像。

一二三四五六七……七只。七条憨汉。心想明天升旗，七囚上台，暗自傻笑。

红露酒，红了我们的脸，红了我们的眼，红了我们的胆。书包也泛红。一股分不清的意气和莫名的义气，在觥筹交错中升高。八点半，有人提议要回家了。

“要怎么出去？稳死耶！”

教官还直挺挺地站在原处，眼珠子动也不动，眼前汤气若硝烟。庄妈妈神来一笔，窗帘拉下，灯关了，叫大家通通别动。

敌明我暗，月光和路灯将教官刻划得完整无缺。孔明车慌乱，嘎—嘎—嘎……猴仔竟然走了。

十秒钟不到，太空猴不见了，大家扑滋扑滋地笑歪了。庄妈妈这个充满智慧的女人，令大家折服。未几，高大的黑卒教官匆匆来，同一个位子戒备森严。中校主任教官太空猴不见了，大伙儿笑他没种，只会欺负黑卒仔少校。庄妈心生一计："来，你们从后门出去，就万无一失了。"好计妙计，算无遗策的庄妈妈叫我们佩服得五体投地。

"为什么人家的妈妈都这么聪明。赞啦！"铁齿仔比着大拇指，又干了一杯。

黑卒仔还在，酩酊大醉的酒客来来往往，路都长得弯弯曲曲。春月当空，夜色茫茫，我们挺进在漆黑的弄巷暗径上。庄舟的老母真行，心窃喜，大家为她的金蝉脱壳叫好。

四五十年前，各地庙宇都有酬神杀猪公的大拜拜。有大拜拜就有吃拜拜，乡下人热情诚恳，不怕人来吃。认为没有人登门吃流水席，来年六畜不旺、事业不顺。食客、酒客一手牵着小孩，一手提着郭元益、乖乖桶。做客的来给谢神的亲友助阵，大家其乐融融很开心。谢神的主人家喜迎宾朋驾临，人愈多，位愈挤，心愈爽。想酒池肉林，思佳肴美味，总是食不厌精，期待赞赏。尤其几年一次的做醮谢平安，即便告贷也要请人客。这种闹热，关公支持，今晚帝爷庙火火火，香火鼎盛。

从高一起，苏澳南方澳、宜兰礁溪罗东、壮围头城……哪里大拜拜哪里就有人请，没吃过大拜拜枉读高中！初中生太小，大学生离乡，吃拜拜对高中生来说，算是一种责任。

宴客人家没认为犯法，受邀同学说什么也要去捧场。学校认为有碍观瞻、有辱校风，不是乡井人情的痛，关公也不同意，庄脚人没这么看天下。

黑黑暗暗，蜘蛛网缠首，偃鼠乱窜，曲折中转出巷头。

熟悉的孔明车影斜长一边，带劲的红露酒逸兴澎湃。

“跑不掉了！他 × 的，猴教官果然厉害！”

“惨了！这下惨了！铁齿仔……踢到铁板了！”

“道高一尺，魔高一丈！好一个太空猴……”

“走前门，强渡关山，黑卒未必抓得到……”

除了喝吐的斑鸠还在庄舟家，逃过一劫之外，其他全都活逮。

没人喊太空猴仔，没人讲脏话。这一趟很失败，大伙儿心全凉了。书包垂了下来，衣服都没扎好，非常狼狈。天上月影缓移，肚里暗香浮动，十分酒鬼。每个人手上还提着猪公肉，摇摇晃晃醉罗东。像鲁智深在寺中难守佛门清规，大闹五台山。

人赃俱获，不管记功嘉奖、记过警告，都是阿猴仔说了算。怎办？领了几个招牌头，徐主教今晚说话换了口吻。也像极了教鲁智深投东京大相国寺的智真长老。

前两句偈言高亢震撼，我们头低了下来。

“夜路走多了，总是会碰到鬼的。”

“铁齿仔不要铁齿，我说到抓到。”

后两句偈言慈蔼温煦，我们的头更低了。

“穿着学校制服，背着书包吃拜拜，真的难看。”

“念在关老爷祂的分上，今晚我什么都没见到。”

临走前喊了一句：“铁齿仔……”

没说完，单车驰去。留下错愕的我们，和教官长长的身影。

智真长老的四句偈言：“遇林而起，遇山而富。遇水而兴，遇江而止。”

令人怀念的太空猴，丢给铁齿仔的隐语大概是“遇巷则止”吧。

红楼斑剥，青青绿草，坐在草皮上的驼客，果然静静地听着校长的小故事，聪明的学生也不吝啬笑声，笑声自然而然，一阵一阵，故事愈说愈起劲。拍手，起立，绿洲醒了。

实习老师的身影有着刚毅的步伐，与不该有的成熟与严峻，难掩他军人老父给他的本色。也许，他老爸也是另一个山头，好样的太空猴仔。

每年三月初三帝爷生，人们随俗也绕起境来。阵头掀天盖地，舞狮耍龙、七爷八爷，一样也没少，氛围却不太搭调。干了一路的坏学生，当了半辈子苦口婆心的教书匠。喊了三年的“太空猴”“黑卒仔”，竟是生命里暖呼呼的名字，它们是绰号，不也是爱的符号？讲校规、讲军法、讲军令如山的主任教官，以教育的温婉，给我们心头打上了铭记深深的烙印。

在多数人成长的记忆簿里，都有很多共同的回忆，源于共同的记忆，就会有共同的怀念。在高中、大学的学习空间都有教官的影子，尤其是高中时代的教官，它不是课业上的主力学科，军训考试也是很快就可以答完的科目。可是在人生学习的阶段，教官们是大家记忆中难以磨灭的族群，愈往人生的后头，他们的影子愈清晰，他们的价值愈难忘。他们是执法的一群人，却也是最教育的园丁。

历史最大的价值是经验教训，上一代拼命告诉下一代，应该如何如何。历史最大的悲哀是没人信你，下一代终于吃尽了苦头。等到下一代终于变成了上一代，比上一代还要上一代，比上一代还更如何如何。

人生啊！真是啼也不是，笑也不是。谨向那位放我们一马的太空猴致敬。至于还有浩瀚天空，还有漫长人生的实习老师，在你遨游于文学的国度、在你四书五经、在你诸子百家时，那标准的立正姿势，那雄赳赳的眼神，事实上在为人师表这条路上，你多了一层坚持的力道，也多了一道雄浑的本色。

温暖的手势

校长不好做，老师不好干，学生不好混，父母真难为。

怕七点半赶不到班上，时间有点急。我的欧多拜（机车）钻入曲巷，再西出丽水街。红灯硬是将我拦下来，送我一片绿意。金华国小校园围墙边，志工家长已经收岗。校长弯了九十度的腰，在茄冬树仔脚。倾听小一生的重度迷惘，校长握着她的手。那是甘心处下的自在，是指引迷津的手势。

我左手边一部妈妈开的轿车，没照规定靠边停，车门骤启，走出两位也同是低年级的小一生，一男一女。校长一个大步向前，走到马路上。将后门带上，迎着学生跨上人行道，有说有笑。老夫和那女人照面，不约而同，比出大拇哥的手势。

我的呵呵笑容是按一度赞，她的腼腆羞容是谢谢校长。

校长儿子刚从建中毕业，老夫没看清才子挥别红楼的手势。

听说他是先干几任校长，再回锅完成当级任老师的梦想，换个脑袋，才能真正地将心比心。这恐怕是少之又少的例子，很特别。刚刚弯下腰那九十度，比蹲下来倾听还迷人。教育家在民间，在巷弄间，在不起眼的地方。

听说校长开始遴选以来，全省三千个中小学校长已走了一千两百位。听说新北市前年度中小学校长，提前退休的高达四十七位。听说台南市升格以来，三年退了三成的中小学校长。听说台中市前年也有二十几位校长打算卷铺盖走人。不如归去，十几年来最大的校长退休潮，正在风起云涌中……没有人事权，没有会计权，上下关系紧张，校园很难经营。

我竖起大拇哥，除了激情地献给茄冬树下的教育家外，二十几年前，也曾在泉州街的刘耳鼻喉科诊所热血过。当年我家大狗子去看病，那位头上带着探照灯的医生叔叔伸出漂亮有情的手势，紧握着他的小手说——

“小帅哥，请上座。”

“……”

“你哪里不舒服？”

“……”

看完病，拿好药，送到门口。取下探照灯，套在他头顶上，最后递上几张贴纸。

“祝你早日康复。拜拜……”

“那位探照灯的手好温暖喔！”大狗子说。

“真的喔。”

“幼稚园老师说，有暖暖的手的人，都是好人。”

转过身看，探照灯医生依然还挺立在门口。

我给他一个感谢的手势，以及感动的微笑。

明道老校长一手给你聘书，一手给你敬师鞭，是责任的手势。

徐汇单校长开车到府，一手聘书一手蛋卷，是敬重的手势。

建中黄校长主持周会，十分钟讲评，精彩的妙语，是潇洒的手势。

建中李校长化沙漠操场为绿洲，跟你拍肩膀说话，是诚恳的手势。

建中刘校长调和鼎鼐，左右逢源，有脑筋有爱心，是智慧的手势。

建中李校长温馨亲切，平易近人，以真情贴近你，是谦冲的手势。

建中吴校长娴熟校务，滴水不漏，默默有为有守，是憨直的手势。

建中蔡校长稳重老练，不疾不徐，讲计划求人和，是圆通的手势。

校长不好做，老师不好干，学生不好混，父母真难为。

像做生意一样——再简单的事，都有人做不好；再艰难的事，都有人一级棒。

像做生意一样——景气好，左手进，右手出，闭着眼睛智愚都行；景气差，有人嫌，没人买，有人独门生意大小通吃。

很多申请退休的校长有无限的辛酸，大家感同身受。丽水街的教化风景，绿意未消，十分自然、感人。如果是这样，是不是有简单的力量继续向前走呢？培养一位领袖群伦的校长很不容易，让茄冬说话。

撤岗后最后的身影——就是最初的信赖。

不是说要走在最陡峭的崖壁，为教育出生入死？
不是说教育是百年树人，只问奉献，乐在其中？
不是说成就是部属的，挫败校长愿意一肩挑吗？
不是说教育爱是永恒的，甘作一头勤奋的水牛？
不是说教育的愿景是有情有义，不是有名有利？

茄冬树下贴心弯腰的温煦——就是一支粉笔。
从寻常创造伟大。
从角落创造神奇。
从温馨创造光辉。
从坚定创造不朽。

轿车后一个真心的提携——就是一道暖流。
这个多难的社会，需要平和。
这个多疑的社会，需要诚信。
这个多责的社会，需要奉献。
这个多浊的社会，需要清白。

天下没有白捡的春风化雨——清音足以传远。
退缩，没资格说你已经打完了美好的仗。
感慨，没资格说你没有施展抱负的机会。
怨怼，没资格说你得不到大环境的认同。
逃避，没资格说你捉襟见肘的空虚乏力。

弱水三千，取几瓢饮，随你方便。

明月清风，取之不竭，任我陶然。

老古董《尚书》记了一段尧给舜、舜给禹的十六字心法。

“人心惟危，道心惟微。”哪个时代是太平盛世？尧舜也跺脚呀！

“惟精惟一，允执厥中。”哪个领袖不忧心悄悄？想办法找药方。

没有理由叫别人一味体谅宽恕——想呐喊便是懦弱。

因为校长是迎着风走在最前面的将军。

没有理由叫别人不要求全责备——说委屈便是堕落。

因为校长是基层中小学最后一块典型。

没有理由叫别人不要批判斥责——说不服便是懈怠。

因为校长是顶天立地最挺的一棵大树。

老师的舞台在讲桌。

校长的舞台在校园。

每个人都有他的位置。

位置是用来燃烧的，不是拿来照自己的辉煌。

位置是用来精彩的，不是拿来玩自己的权威。

位置是用来升华的，不是拿来求自己的光芒。

教育是流汗的事业。

如果教育是舒服的，那会前人种树，后人遭殃。

如果教育是荣光的，那会好名做假，虚以委蛇。

如果教育是贪婪的，那会锱铢必较，尔虞我诈。

如果教育是夸耀的，那会粉饰太平，随波逐流。

麦子是从麦田种出来的，想种什么庄稼自己决定。

建中有位校长，含藏内敛，谦冲为怀，沉潜养志。

他不抱怨，他不懂抱怨，他不会抱怨，他不肯抱怨。

他自得其乐地挥洒他的信念——一般的微笑，随时的交流，三两三豪迈，十足的情义。最后遍地开花，掌声如雷。一张简陋的生日卡片，写尽对你的通透了解，表述对你的真情款款。他有的是自然的手势。

天下没有几件让人开心的事；苦中作乐，是最廉价的开心果。做别人会做的，哪还需要我们？吃别人不能吃的苦，责无旁贷！

看别人的好，处处都有涓涓清流。看社会的好，沧浪之水自然清澈。秋意已飙凉，西风正铎韵。茄冬树下，有人点染教化。一个弯腰倾听，一个温馨牵引，就是教育家的手势。

丽水街的人行道上，树影犹暖。那刚刚还嚎啕大哭的小一宝宝，擦完泪后——最后的眼神穿透金阳，直入校园。

“伸出暖暖的手的人，都是好人。”一定是我家大狗子憧憬美好人生的第一个答案。深深烙印，久久不去，他一次就学会。

“不在其位，不谋其政”，不是冷漠，是各司其责。

“在其位，谋其政”，是责无旁贷，要殚精竭虑。

“不在其位，谋其政”，是僭越，是牝鸡司晨。

“在其位，不谋其政”，是懈怠，是尸位素餐。

当社会的苛责多了，是不是我们失去了温馨的能力？

当人间的诚意少了，会不会我们增加了自欺的习染？

当价值的标签褪了，要不要我们来重燃教育的热情？

当真情的笑容僵了，肯不肯我们来打开人性的光辉？

神游于红楼二楼校长室旁，斑剥难遮，秋情正盛。少了秋蝉，多了叶落，轻扣门扉，足音仿佛可辨。在教育政策大变动的时代，百年老校在承先启后的关键时刻，动见观瞻，肩负艰巨的形象与使命，十分难为，也十分可为。清俊的领袖，好好坚持热情的火。让我们等到佝偻着背，再一同携手东归。我老迈一点，走在前头；您清瘦一些，许您隐后。真的走不动了，老夫背您一程，回家的路很容易。

老夫学易不问卜，但是我敢打赌——

清标高风的手势，缓缓伸出。

将会是您老楼斜照下的伟影。

元学第一村——跟毓老师说说话

六十四年来，立地生根，奉元书院矗立着一座长远圣白的元学之山。

毓老师走了，素师铎化，龙德而隐，您是该俎豆馨香千年万年。

您静静走了以后，我开始认真深思。您说要留就要留万世名的豪情，原以为那是老学究先生的糖衣，书总是要这么教的。见证了您三四十年的私塾生涯，杏香不去，“不朽”这两字您写得这么渊深敦厚。史笔有多少眼力，往往也决定了那个时代在历史纵轴的重量。陶渊明的伟大不是等来的，可是唐宋始见重于世。我不问这是个什么样的时代，但我深信青史的墨条研磨得正热，待如椽大笔一挥就是盖世风华。您的身躯从容地躺了下来，英灵却矗立如山。您虽然高品无求，高山仰止的称誉，任谁都挡不住。

曾经您以一身是胆，备具胸怀天下的志业。当年没问过您，真不知道您曾立过什么样的伟愿呢。过了一条江，正自有山河之异，人生的风景，真的如您所说，时过境就迁了。春风不回，鼎革多变，换个念头，您扛起文化的山，造弦歌之乡，一条道真的结结实实跑到黑。您经常教诲我们，一生认真做一件事，就是一番事业。您以原味的元文化陶养了这块朴质的净土，您以鲜活的一甲子沾溉了福尔摩沙这蕞尔的小岛。

从三月廿日接到您辞世的噩耗起，心路忐忑，失神不灵，感慨何止万千！忌日满月，我终于有能力悲伤了。午夜梦回，恸情难寐，我静静仰视悬在厅堂——那一幅“体元居正，精一执中”的对联。那分别是我家二犬的字与名，郁结一月的心，动了。我决定打开心口，同老师说说话。

三十多年前，躺在龙床上听您彻夜教诲，我就有很多话要跟老师说。那时候，我还是个宜兰乡下负笈北上的土包子，心里没准备好，我一直没敢说。后来，有多少次在地下室——“天德黉舍”书院的牌匾前，一对一，面对面，聆听您的恳切叮咛，觉得战战兢兢恭听都来不及了，能说些什么呢？所以什么也没说。现在毓师往矣，自己也早已过了半百老翁，不用犹豫了，胆子也大了，那就慢慢说，一点一滴地说，说给毓老师听。

一朵花的事业

毓老师晚年曾以偶题的遗墨——“傲世梅无仰面花”给大

伙儿清赏清赏。后来又见到另一幅字，原来上联还有一句——“虚心竹有垂头叶”。原来“节”与“谦”，老师看得这么重。未济卦上九小象：“饮酒濡首，亦不知节也”，是男之穷也（杂卦语）。大易最后一卦最后一爻，以节为戒，大矣哉！虚竹不但尚节，尚且守谦。谦之一卦，谦谦君子，以让为用，所以无往不吉，卑以自牧故也。尧德允恭克让，尧舜以禅让相承。太史公《史记》世家以吴太伯先，列传以伯夷始，皆让之微旨。老师一生所守在节德，贞固不易。易地凡三，老师独善其身，不易节，不贰臣；留日其间，倭女在侧，洁身不渎；渡海来台，轻权位，无嗜欲，进退不苟；守身如玉六十余载，不近色，不续娶，甘心孑然自持，无怨无悔。曾经是赫赫皇裔、王公贵胄的您，能自律若此，弥自尊贵，也令人肃然起敬。师母“两地相思”，老师“一言难尽”，缱绻私情，节义感物，贞德动天。终其一生以“天德侍者”自期，以“仁匃遁叟”自号，以“安仁居士”自守，以“明不息翁”自誓。

毓老师识时不失位，乘势知进退，以果行育德，卜居隐巷，藏道于民。在刹刹生新的自然环境中，您说要守经，也要能通权，这才真的叫识时务，识时务者才称得上是俊杰。“不易乎世，不成乎名，遁世无闷，不见世而无闷。乐则行之，忧则违之，确乎其不可拔，潜龙也。”是老师“君子时中”的真精神，知节、守节、行节，是您的大慧智、大德行，所以我们可以大声地说：“知进退存亡而不失其正者，毓师也。”

印象中，毓老师虽然很少提到花国春秋，这一棵梅且不能等闲视之。至于唯一点名的“春眠不觉晓，处处闻啼鸟。夜来风雨声，花落知多少？”听上去有几分调侃味儿，依我看，纯粹是戏谑之言，请孟浩然不用放在心上。

什么样的花都会美丽一回，花自然是开给蝶使穿引的，或许蝴蝶的朋友，可以沾点边。不要急着问我蝴蝶的朋友长啥样子，姓不姓庄，名不名周，毓老师更不会直接告诉咱们花的哲学。这么说比较像老师说的：如果你是花，顺着天生的性子像个花的模样，就有美的质地。花，总是要漂亮一次的。做花的总要清楚，最少要美给自己看，感动得了自己，才说得上是能自我实现的花。否则，花开花谢，亦只是花开花谢。老师说人可以平凡，绝不可以庸俗，梅自是不俗不尘。老师跟梅花打交道源于何时我不清楚。要不要跟林和靖处士清唱一段妻梅子鹤？梅边之石真的宜古吗？胸藏丘壑的毓老师，是人间的元士，兴寄烟霞这等闲情，我看还是少问。

梅花凌霜傲雪，优雅绽发，它不是等人来陶醉，它香着也可能是等蜂媒来寻。桥边、路旁、山麓、野坡，处处可以是梅花的家，冷到哪里，梅花就幽香到哪里。傲世梅一树傲骨，一片生意，不改其凌雪之志，它不怕开无主，风和雨、冰和雪是它的丝竹天籁，它会唱歌给自己听。毓老师一瓢孤单，一箪寂寞，不改其杳声之乐。您念念存诚，孤寂是您德性盛开的力量，想必您也会给自己拍拍手。群芳争春，您不矜不伐，站在自个儿的长白山巅，兀自暗香袭天，您应是一株雪硬的梅。您打算为自己的花取个什么样的名字并不重要；您会给梅花，也给自己一生傲世的风骨，开一趟铮铮骨心的事业，这，并不难猜。举手投足都是记号，您不说，大家清楚。

想做一朵花，毓老师敢情会教我们说——姿态可以不如人，梅香要始终如故，坚持千百年来不变的气韵，要不折不扣酝酿大家百闻不腻的清香。不卑不亢，枝头可以戴着冰雪，香给自己一世，做传家至宝；不悭不吝，可以伴着明月清风，香给别人一生，开圣贤衢路。洁梅有节，它有个禁忌，就是不做醉心名利的仰面花。毓老师心里头的傲世梅如是说。

一座山的精神

仁者乐山，山不知其所始，亦不知其所终，亿载无期；仁者安仁，垂奕叶而不朽，典型古今，浩气上下，故曰仁者寿。安仁居士期颐百年，所安在史寿，不在人寿。这是山的精神，也是仁者的精神。

老师个儿大，您有那个力量带着山流浪，即使是长白山那样巍峨崇高的山岳。一九四七年，您领着长白又一村的骨气，肩负着也可能是双手合拱抱着您心里头那一座山，在云月之下顶天立地，踏过的岂止八千里路？经过泰山的荟萃人文，涉过黄河大江的九转浩瀚，结交过燕赵豪杰养豁达襟怀，也到过柳浪映月的孤山学处士潜隐。扛着一身浩然而来，飞机上您和于右老一起狂草。您以经天纬地的姿势，在这重新打造的“长白山”中落了脚，六十四年的案头山水，您百看不厌。乐山的必须是仁者，您以铿锵的洪钟，磬音成章，敲响了原儒的文化之声，从头到尾，铎声一鸣天下白，化育一体人间清，回环反覆，终始不息。六十四年来，立地生根，奉元书院矗立着一座长远圣白的元学之山。

心里头只明白您是一座仰之弥高的山，颜色简单得很，像您没事儿喜欢轻捋那一幅高风亮节的长白胡。四十年来，我始终忘了问问老师：要怎么做一座天德的山？要怎么成就体元居正的大一统？要怎么笃恭用中去天下平？要怎么明德学大去止于至善？可以做一棵大树，就不要只做一片叶子。您走了，仓皇之中，整整叶片，我们告诉自己，再怎么不成材，都必须是一棵有志向的树。奉元弟子遍植在您一手铺垫的山上，老师您望见了吗？虽然奉元山上长长白白地种了成千上万的绿苗，可是我们不能光靠天有好生之德去附丽你的“长白山”。这样子丢脸，是不？做一棵树只是敷衍，要做就要做一棵大树。这样大声嚷嚷，至少您愿意轻轻颔首，勉予同意吧。

多少文人高唱后凋松有常青色，看来我们是读了太多松柏后凋的壮歌，相信您信誓旦旦所说的还有五年，年年新正您都说再活个五年没问题。今年大年初一，气虽弱了些，您的精神依然矍铄，您还是说：“你们看我像个生病的人吗？再五年没问题。”两个月不到，在一个最宁静的春晓，您却选择坚如松贞如柏的天性，安然于初春暗自零落。春情松柏，叶落慢慢悠悠，沾体涂足吾少也贱，这个村野经验我懂。可是，一座山总是一座山嘛，怎么忽焉徂谢了呢？既已归西，可能告我？

二殡追思会后，凄情迷茫，人影散乱，怎么发酵这一座山的精神，看似没人对着其颓的山激情呼啸，心里头却澎湃汹涌无已。听！奉元主人的长白山，有一派刚洪的回声在酝酿。一座山自有一座山的山品，让我们如松如柏，长长白白您的圣功；让我们循着您的步履，以夏学奥质接着寻拯世真文的担子，我们共同肩挑您养正开蒙的精神，斯庶几天德于万一。

一尊观音的孺情

画观音的礼佛侍者不少，为母发心而画的不多，为贞节守身而画更难。多少个深夜，您提着佛心，沾着佛笔，一尊观音就是一张孺慕之情，一幅观音也是与子偕老的承诺。一幅十幅，观音菩萨；百幅千幅，菩萨观音。一落笔处，就是慈悲之海；一动念起，莫非无妄之心。

有一年，随着老师到印月禅寺做孝亲感恩法会。印月禅寺坐拥山峦叠翠，面迎碧湖千顷、水光山色交相辉映的水月道场，一定有助于老师广行梦中佛事，而不忘“一切有为法，如梦幻泡影”的觉性返照。燕子湖畔印月禅寺的梵呗，声催湖面，清清凉凉，月光未起，佛音印先。老师伫立湖旁，极目四望。波影粼粼，老师拖曳不尽的身影也任缬纹轻荡，那一年秋水的婆娑有多长，您的身影就有多长。

会后，几位慈悲心善的老尼，从禅寺后院现采现摘的野蔌，清香绿菜，师生一桌，茹素满心。老师难得笑开了，“吃吃吃”，催着大家吃；同学们个个以碗就口，不敢造次，一时吃得庄严得很，殊不知老师外冷内热，跟老师走得近的都知情。在纸灰飞扬的袅袅生烟中，老师若有所思，滞神良久，不敢揣摩也不知其故。在二殡灵堂前诵经，几个同学随着法师烧纸钱，心绪若一，在熊熊的红光中，才领略出您的孺慕之情。

在家居士，潜心礼佛，在台十分寻常。来台之后，老师从慈航法师叩经问道，儒释交通，往来无碍。老师说：“慈航学道成佛，有艰难之境，有不易之修，守金钱戒的他，慈航曾经自云：‘好几次差点就犯了戒！’”成佛之人，明心见性，且如此率真守诚，佛心真趣，或从此来。心水澄清，即见光明，不离觉性，心澜不兴，月印千水，才能照彻亘劫的万里长空。

老师，在伪满州守身不卖国，不做汉奸；以盛年来台，守身不易情。放着名利不索，富贵不求，设黉舍，立教化，为往圣继绝学，为万世开太平。一生守着干之初九：“潜龙，勿用”那一爻。

老师说人就是人，七情六欲都在我性，守身不贰长在我心。

您常常长声喟叹地说："守了一生，我这一辈子只有对不起我自己。""感慨"，是老师自己给自己精神，自己为自己加油的内敛力量。老师守了一生，您岂止对得起自己，您让黉舍诸生不敢对不起您，不敢对不住别人，也孜孜矻矻不敢对不起自己。这恐怕是最坚韧的一围篱笆，也是最醒眼的一道灵光。那一爻燃烧的不只是您的灵魂，也将是元文化生生不息的火把，也是元学燃烧不尽的华夏之光。

毓老师，二殡怀亲馆，大家一字蜿蜒，瞻仰您的遗容。您很从容地躺着，看来无挂无碍，您真的准备好了。足不成步、颓然其间者，岂止是千千百百个奉元门生？这一群老老少少，清一色都是您亲炙的各方彦士。愿我佛慈悲，领您到西方乐土。连走，您都申申如也，夭夭如也，一如燕居闲情。这种圆圆满满，岂"放下"二字足以了得！

老师说："人生一下子就过去了，一切荣华富贵都只是过眼云烟。"

老师还说："你想要什么样的价值，就过什么样的生活。"

老师又说："赵孟可以贵之，赵孟也可以贱之，人爵只是虚幻，天爵才是尊贵。"

我率直地说："大自然是一部伟大的书，老师您是一部不朽的经典。"

菩萨观世界之音，无苦不救；毓老师大而化之，圣格可风。

静静地望着老师亲绘的观音大士佛像——“真心清净，不观自在；慈航倒驾，常观世音”，当是老师潜心作画时静定下的笔心吧！一尊佛像的背后是您坚毅、思念、孝亲、礼敬的心，还有六十几年来丝毫未减的热情与盼望。“以天下为一家，以中国为一人。”天德奉元，我们悟觉您以当地为化首、木铎四海的大愿。如今，再也听不到您奕奕精神的铎韵，老师亲绘观音佛像的虔敬，与教化治平的大业，是深藏我心的另一种孺慕之情。素笔的线条庄严有度，观音像前将是我澄定思虑，也是永怀师训的一方静域。馨香上祷，悲不自胜。便成一联云：

人无识时，老大伤悲咎自取；书不致用，寒窗苦读为谁忙？

（按：“天德黉舍”——戒严时期，“奉元书院”——解严以后。）

（本文发表于二〇一一年七月三日《毓老百日纪念文集》）

流着爱新觉罗皇家后裔的血液，带着华夏民族铁铮铮的骨气，因缘际会，只身前来深根中华文化六十几年。他是五族一家的传道者。

当他提到恩师康有为、罗振玉、王国维、陈宝琛等人时，矍铄的目光笼罩书院全场，如在目前。他是传承中华文化最厚最重的一根脊梁。

毓老师不只是用来怀念的，从海峡两岸暨港澳，到有华人的地方，都是中华文化的流域，他是炎黄世胄的一座大山，他是绵远不绝的一条大江。

永远穿着长袍，从直挺挺的阶梯走下，戴着瓜皮帽，黑胶老花眼镜下两道乌溜溜的眉毛，声如洪钟的四书五经起来。他开起了元学第一村。

从青少年听到中老年，三十五年沉浸在中华国学的沾溉下，岁月在奉元书院的黉宫中淬炼，生命在毓老师智慧的启迪中凝炼。我们都在揣摩先生琅琅清亮的讲学声。

林明进经典作品介绍

“培养自然而然的写作力”系列

表达是人的天性，为什么我们和朋友交谈的时候能畅所欲言、敞开心扉、活灵活现，而下笔落字就文思干涸、抓耳挠腮，原因其实很简单，我们找不对“感觉”，这个“感觉”其实就是一种通道，一种能把语言的绘声绘色转换成文字的能力。

《培养自然而然的写作力（基础篇）》

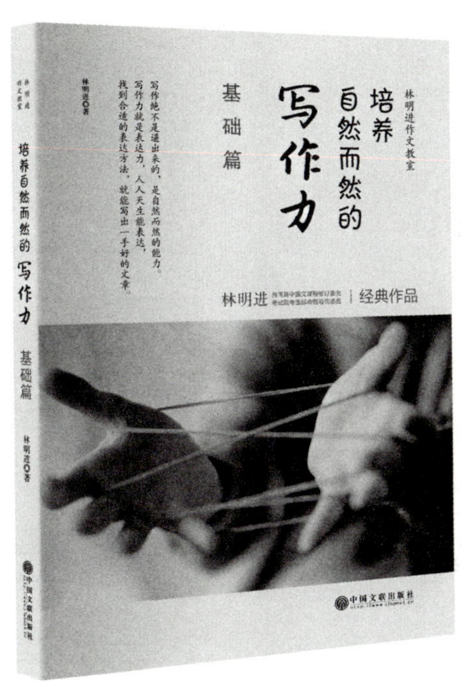

本书分成五大门类：由语文表达训练、观察力训练、运思训练、章法训练、修辞训练，循序渐进地做好作文基础建设。本书以“作文学习单”的方式进行编写，以片段学习为经，以示范仿写为纬，是课堂作文的实质产物。

《培养自然而然的写作力（技巧篇）》

本书是《基础篇》之后的实战演练。内容包括描写文、记叙文、抒情文、说明文、议论文等五大门类，每种文体都提出具体有效的写作策略，清清楚楚教你如何写作文，不投机、不花俏，让考试作文轻松拿高分。

《培养自然而然的写作力（创意篇）》

本书是同系列前两本书的升级版，着眼于培养学生在有了扎实的“基础”和娴熟的“技巧”之后，进一步激发“创意”的活力，三本书前后连贯，逐步进阶，旨在培养学生真正贯通的、有源头、有结果的写作思维，要彻底扭转被动“完任务”的写作心理，积极开拓每个人本自具足的自然而然的写作能力。